つれづれペンペン草

おのみち たかし

Onomichi Takashi

風詠社

つれづれペンペン草◎もくじ

装画　ちゃまじ
協力　フルパーセント　株式会社RelatyLS
装幀　2DAY

1　ショッカーの面接

◆38歳の頃

「みなさん！　わたしたちと手を携えて世界の平和のために人生をかけてみませんか！」

人生の中で2回ほど転職というものに挑んだ。

多くの人が同じような経験をされているに違いない。僕の場合、初めての体験は38歳の時。一般的常識からするとかなり綱渡りに近い年齢である。

ちなみに公務員だった僕は決意を固めたあと、酒の席で友人に打ち明けた。すると、「そりゃお前、自爆テロみたいなもんだ、やめろ、やめろ」と温かい助言を贈ってくれた。もっともな助言だ。時は21世紀の初め、世は不況である。なんともありがたい言葉であるが、こうした一大事を人に話すときは大抵自分の気持ちの中で決断できている時だ。

かくして僕も「人生は一度きり！」というキャッチコピーを呪文の如く唱えながら細く危なっかしい綱を渡り始めた。

38歳という年齢に求人がなかなかないというのは想像に難くないと思う。インターネットの就職サイトで50社ほどエントリーするものの、お返事をいただいたのはわずかに5社程度。

「うむ、なかなか手強し……」と思いつつも気長にお返事を待つ。するとある日1通のメールが届いた、その内容はというと。

「あなたは、２０００人近い応募者の中から最終エントリーの20人に選ばれました、面接に来ませんか？」というものである。「おー、スゴイ倍率でないか！」プライドをこちょこちょとくすぐられた感じである。僕は昔からおだてに弱い。ほめられると木に登って最後に落下するタイプである。

「そうか、そうか、それでは出向いて差し上げましょう」

というわけで、面接会場へ。

初夏のとある水曜日、僕は履歴書を持って、面接会場に馳せ参じた。実際に面接までこぎつけたのは今回が3社目である。以前の2社は初回の面接で即落とされていたため、今回もまた同じもんだろうとたいして期待もせずに出かけて行った。

ところが行ってみてびっくり、ちょっと趣が違うのだ。今までの面接は、なんとなく事務的な控室に通されて面接をしていただくのを静かに待つという風情がほとんどだったが、今回は全く違った。

まず場所は、とある都内の一等地にあるビルの高層階、名前を記せばだれもが「ほう、あのビルですな」とうなずくほど有名なビルである。受付を済ますと何やら上品な受付嬢が僕を丁寧に案内してくれる。

通された部屋は豪華な応接室のごとき、ほの暗いラウンジ風の一室、まわりの棚にはブランデーなどが並んでいる。そこに20名の「選ばれし」方々（※注・僕も入っているのだ！）が円形に形作られたテーブルを前に豪勢なソファーに座るのである。

僕の第一印象は「ショッカーの秘密基地内にある幹部用の会議室」というものだ。そこにいる人たちをよくよく眺めると、職を探してさまよえる子羊という風情はまるでない。高そうなスーツを着た重役風の紳士や営業成績社内No.３の敏腕営業マン！といった方々がお座りになっておられる。

「うーむ、やはり２０００人の中から選ばれた人たちだからな！」と妙に納得しながら僕はこの不思議な光景を見ていた。

しばらくして後方の扉が重々しく閉じられた。沈黙の中、社長のような人が登場。この時点ですでにやや怪しい雰囲気が漂っている。登場した社長の顔はもう忘れてしまったが、たしか仮面ライダーの幹部で言うとゾル大佐（分かってくれるかなぁ……）をレンガで10回ほどなぐって太らせたような感じの人であったような気がする。不気味な沈黙の中、おもむろに社長が口を開いた。

「ようこそいらっしゃいました。みなさんを心より歓迎いたします」（ドラマみたいでしょ！）

「これから我々の壮大なプロジェクトについてご説明します」（記憶を手繰って書いているので若干の誇張あり）

20名は固唾をのんで次の言葉を待つ。


「みなさん！　わたしたちと手を携えて世界の平和のために人生をかけてみませんか！」

「我々は世界中の貧しい人々を救うために活動をしています」

「未開の地に鉄道を敷設し、町を作り、学校を作り、人々を幸せにするのです！」

かなり崇高な理念である。本当ならばやりがいのある仕事ではないか！

20名は真剣な面持ちで話を聞く。ある重役風の男の人が質問をした。

質問者「資金はどうされているのですか？」

ゾル大佐「アフリカのある場所で金の鉱脈を掘るのです!!」


僕（はあっ？）

この時点で僕はこの会社が「ショッカー」であることを確信した。しかし、周りの人はみな真剣そうな顔で聞いている。この雰囲気とゾル大佐の威厳に満ちた演説に引き込まれているような様子。マインドコントロールという言葉が頭の中をよぎる。

質問者「で、われわれはどんな仕事をするのでしょう？」
ゾル大佐「あなた方のコネと力でスポンサーを探してほしい！」

僕（はあっ？　はあっ？）

その後もゾル大佐の演説は20分ほど続き、我々は決断を迫られた。

「我々の理念に賛同して下さる方はこの場にお残り下さい、このあと個人面接をいたします、そうでない方はお引き取りを」

僕はすぐに立ち上がり丁重にお礼を言いつつも大急ぎで退散した。しかし、記憶にある限り帰った人は僕を入れて3〜4人、残りの人たちは妙に顔を上気させつつその場にお残りになった。はたして、僕の選択は正しかったのか、間違っていたのか、もしかすると今頃は巨万の富を手に入れて違う人生を歩んでいたかもしれないのである！
あれから20年以上が経った、果たして今頃ショッカーはどうしているのであろう……。

2　ねずみたちの反乱

◆11歳の頃

「窮鼠猫を咬む」

追い詰められた弱者が我が身の危険をかえりみず強者に立ち向かうことは世の中に間々あるものである。今でも社会問題となっているいじめだが、何も今に始まったことではない。

僕の小学校の頃も今思い出すとひどいことが結構あった。当時は「いじめ」という言葉すらなく、教室の中で行われる残酷な儀式に、あるものは立ち向かい、あるものは身をひそめ、また、あるものは上手に立振舞うことでそれぞれが子供なりに日々をたくましく生きていたわけだ。

いじめの解決はなかなか難しい。

近所に住むAくんは、やはり近所に住むSくんにいじめられていた。小学校の2年生の頃だったと思う、小2ですでに体重40キロはあろうかという肥満児でどんくさいAくんは、細身で身軽、オレより強い奴は誰もいないと自負する強気なSくんにどうあがいてもかなうはずはないと思っていた。日頃から何かにつけてはよく泣かされているのを見て、僕は「かわいそうだな」と思っていたものだ。

そんな彼がいじめから脱出できる日がやってきた。ある日、業を煮やしたAくんのお母さんがSくんを空地に呼び出し、決闘させたのである！

たまたま、立会人となった僕はこれからどんな結末が訪れるのか緊張に身を震わせながら見守っていた。

「Sくん、あなたはどうしてうちの子をいじめるの」と強く迫るお母さん。

「A、男なら自分で決着つけなさい」、今度は自分の息子に向かい凄む。

「ひぇぇーーーー」

気弱な僕はその雰囲気に呑まれ、ただ、たたずむばかり。

かくしてここに壮絶なる決闘は始まった。

結果は……Aくんの圧勝であった。

お母さんの力強い後ろ盾に気を強くしたのか、はたまた、日頃のうらみを爆発させたのか、彼は泣きさけびながらSくんに突進すると40キロの体重で猛烈な体当たりをぶちかました。

細身のSくんは突き飛ばされ地面に横たわった。そのあとである、40キロの攻撃は止まらない。Sくんの上に馬乗りになると顔を何べんも殴りつけたのである、体重の軽いSくんは身動き一つとれずなすがままの状態だ。鼻血が噴き出した。

しかし、Aくんの攻撃はまだ止まらない。さらに横綱ばりの張り手を次々とSくんのほほにあびせ続けた。Aくんの目はさながら鬼の形相といったところで、あの強気なSくんの目にうっすらと涙が浮かんでいるのを僕は見逃がさなかった。それは悔し涙というよりは圧倒的な強者に対しての恐れと、何もできずにやられている自分に対する情けなさの気持ちが入り混じった、そんな涙だったように思う。さらに攻撃を続ける40キロに、

「えっ、これ以上やると死んじゃうよ……大丈夫……」と立会い人が不安になった時、

「やめ！　それまでっ！」お母さんの大きな声が響いた。

お母さんはSくんにも、Aくんにもそれ以上の言葉を一切放つことなく、その場を悠然と立ち去った。かくして、決闘は終わり、以後いじめは一切なくなったのである。

このエピソードにはいろいろな論評がつけられると思う。子供のトラブルに親が出てきていいものかとか、暴力に暴力で返すことは間違いであるとか、はたまた、本当の解決とは言えないのではないか等々。

僕にとってもそれは子供心に非常にショッキングな光景であった。しかし不謹慎を覚悟で言わせてもらうなら、その状況を見ていた僕の心境は「やったな！」という非常に気持ちのいい爽快感を伴ったものであった。

決して立派な解決法とは思わないが、今までずっと圧政に苦しんでいた農民が一揆をおこすが如く、水戸黄門が満を持して印籠を振りかざすが如く、それはたまりにたまっていたうっぷんを見事にはらした瞬間であった。

6年生になったとき、僕にも災難がふりかかってきた。クラスを影で仕切っているKという独裁者と同じ班になったことがきっかけである。このドラ猫は表立って暴れたりするような単純なやつでなく、頭もよく、陰湿に獲物を追いつめる、たちの悪い種類に属する奴であった。ドラ猫は班員であるねずみたちに少しずつ陰で牙をむきはじめた。

席が隣だった僕はこの災害をもろに被った。

「おい、テスト、カンニングさせろ。答案をずらすんだぞ」

「えっ、いやだよ……」

断ると、机の下からパンチが腹をめがけて飛んでくるのである。

しかし、奴は狙う相手を間違えた。僕の計算テストの答えを丸写しして提出したドラ猫だが、そのあまりの点数のひどさに次からは別のねずみを狙うようになった。

前の席のOくんは成績もよく恰好の餌食となる。次からはOくんが被害者となっていった。気の優しいねずみTくんは毎日のようにモノを買いに行かされ、ちょっぴりおしゃれなねずみSくんは、新しく買った最新のシャーペンなどをいいように略奪されていた。さえないねずみであった僕も、掃除当番を押しつけられたり、他の友達と遊ぶ権利を奪われたりという迫害を受けた。

さらにドラ猫は、ねずみたち全員にドラ猫が嫌っている担任の先生にいたずらをすることを強要したりとその悪行はエスカレートするばかりであった。どの場合でも断ると容赦なくパンチが飛んでくる、ドラ猫による圧政は日々刻々と民衆を圧迫してゆくのであった。

いじめにもいろいろな種類がある、クラスの全員から無視されて、上履きに画びょうを入れられたり、教科書にひどい言葉を書かれたりといった、多人数から受けるものが一番ヘビーであろう。僕の場合は一人の為政者からのものであったので、確かに深刻度は低いかも知れぬ、しかし、こいつばかりはやられた者にしか分からない。何年も前のいじめを恨みに思い、殺人を犯すといった事件が時折ニュースをにぎわす、もちろん肯定はしないが気持ちは分かる気がする。やった方は忘れてしまうが、やられた方は決して忘れないのだ！　それはいつまでも傷として残り心の奥で疼き続ける、そしてあるきっかけで再び膿み始め、心を蝕むのだ。

僕もこの状態がしばらく続くとさすがに参ってきた。

〝あー、学校行きたくないなぁ〟

しかし、本当のことは親に決して言えない、この心境だけはご理解いただきたいものだ。

〝よし、病気で休もう〟

さえないねずみは熟慮の末、非常に単純な結論に思い至った。

〝風邪を引かなくちゃ〟

さえないねずみは安易な計画を立て実行に移す。

冬の最中、風呂で水を浴びたり、半そでで外をふらついたり、はてはわざと汚いものに触ったりと「努力」を重ねた。

しかし、不思議なものでこういう時に限って体は健康そのもの、くしゃみ一つでないのだ、さえないねずみは悩んだ末に計画を変更した。

〝仮病を使おう〟

ある朝、ねずみは朝の5時におきて、密かに台所に向かった。そして、静かにやかんでお湯を沸かすのであった。

賢明な方ならすでにお気づきであろう、ねずみの手には体温計が握られている。

〝熱があれば間違いなく休めるな。かんぺきだ〟

このあたりが「さえない」ねずみの「さえない」所以である。
沸騰したお湯に体温計をつける、ほんのわずかな時間だ。〝これでよし〟と心に笑みを浮かべ体温計を眺めた瞬間、ねずみの顔が青ざめた。

「よ、よんじゅう、さ、さんどーーーーー!!」

さすがの「さえない」ねずみも事の重大さに気づいたようだ。
あわてて体温計を思い切り振りまわす、検温のあと、体温計を振ることで水銀柱が下がることはすでに経験済みだ。
その時、ペキっというかすかな音がした、急激な熱と激しい振動に耐えきれなくなったガラスが割れたのである！　床には細かく割れたガラスの破片がキラキラと輝き、中から漏れた水銀の玉がまるで生き物のようにコロコロと遊んでいる。

「ひえーーーーー！」

こうして「さえない」ねずみの計画はあえなく頓挫したのであった。
暗澹たる日々を送っていた僕だったが、一つ大きな心の支えがあった。それは同志の存在である。たった一人で大勢を相手に辛い思いをしていたなら本当に耐えられなかったであろう。自殺にまで至る悲惨なケースも多くはこうした場合だ。

しかし、僕には同じように苦しめられていた班員という同志がいた。独裁国家でも民衆はアンダーグラウンドで結束を固め、いつか来るであろうクーデターの日に備えて息をひそめるのである。共通の敵がいるためにその結びつきは強かった。


「どうする」

「おれ、もうがまんできないよ」

「おれもだ、あいつのおかげで人生まっくらだ」


ねずみたちの密談が始まる。

この日も全員放課後呼び出されていたのだ。


「全員でかかればいいんじゃないか」

「いや、きっとまたあとから一人ひとり仕返しされるぞ」

「どうする？」

「どうする？」

その時である。仲間の中でも最も気の優しいねずみのMくんがぼそりとつぶやいた。

「ぼくさつだ……」

「えっ？」

「えっ？」

「ぼくさつ？」

気の優しいMくんの口から出たなんともおっかない言葉に一同あぜんとする。

彼もよほど腹にすえかねたものがあったに違いない。

僕の頭の中に一瞬「決闘」の光景がよみがえった。

しかし、彼は本気だった。

なんとバットを持って教室を飛び出したのである。

僕らもMくんを追いかけた。

そして学校の近くの路上でドラ猫を見つける。

彼はバットを振りかざしドラ猫めがけて向かって行った。

幸か不幸かMくんの力は弱く、持ち上げたバットもふらふらしている。

　ドラ猫の顔が本気になった。

「うるせぇ、お前なんかにやられるか」

「ぼくさつだ！」

「なんだ、お前」

　確かに振り上げたバットは弱々しく、当たる気配もない。軽く避けられながらもMくんは泣きながらドラ猫に立ち向かい続けた。僕らはMくんを止めると口々にドラ猫に言い放った。

「なんでおれたちをいじめるんだ！」

「お前なんかきらいだ！」

「お前なんかいなければいい！」

　ドラ猫は「チッ」と舌打ちしてその場を立ち去った。

　その後、ドラ猫は僕らに手出しをしなくなった、相変わらず威張ってはいたが……。

　Mくんの「ぼくさつ」も結構効いていたのかもしれない。

　その後、僕はドラ猫と違う中学に進み、いともあっさりとこのいじめから決別でき、バラ色の中学校生活を送ったのであった。Mくんほどの勇気は持ち合わせていなかったが、それでも思っていた一言を言い放つことができたのは少しだけうれしかった。

それから10年後、ある日、卒業後一度も会うことがなかったドラ猫から突然電話がかかってきた。いったい何事かと受話器のこちら側で身構えるとやつは猫なで声でこう語った。

「今度の選挙、だれに投票するか決めましたか？」

「アホッ！」

僕が一言そうつぶやいて受話器を置いたのは言うまでもない。

3　危険な展開

◆15歳の頃

災難というものはいつの世も突然やってくるものだ。これは、そんなちょっとした災難のお話。

高校1年生の僕は、昭和20年代に建てられたアパートに住んでいた。木造のアパートといっても現在のアパートのような建物ではなく、昔の日本映画に出てくるような古ーい下宿のような建物を想像してほしい。玄関は共同、トイレも共同、廊下に面して一階、二階ともに十ぐらいの部屋が向かい合っている。歩けばミシミシと音がするとても素敵で物件である。かの有名な「トキワ荘」をイメージしてもらえればいい。

当時の我が家はこのアパートの部屋を三部屋借りて住んでいた。一部屋は両親、一部屋は僕と弟、残りの一部屋が居間である。家賃はたしか1万5千円×3といった感じだったようだ。部屋は六畳一間であった。

さて、ある初夏の夜のことである、銭湯から帰ってきた僕は、明日に控えた中間テストを前に試験勉強らしきものを始めていた。弟はすでに寝ている。夜の10時過ぎから勉強を始め、そこはさすがに「勉強熱心」な僕である、1時間後には机に突っ伏して英単語を寝言に唱えながら夢の世界へと誘われていった。そしてそのまま夜は更けて、あの激動の朝を迎えるのであった。

明け方の4時頃だっただろうか、扉をノックする音で僕は目を覚ました。時計を見ればまだ夜明け前、いったい何事かとドアを横に滑らすと、そこには男の人が二人立っていた、そして、おもむろにこう告げたのである。

「すみません、警察の者ですが……」

そこにはテレビドラマでよく見たあの光景が……

一人の初老の刑事さんらしき人が警察手帳を見せている。俳優でいえば「太陽にほえろ！」の山さんをもう少し老けさせて、さらに5キロほどダイエットさせ、髪の毛を白くさせたといった風貌である。そして、その傍らにはやや若手の刑事さん、若手とはいっても年の頃は30代の後半、俳優で言うとこれは今でも鮮明に頭に残っているが、東野英心のそっくりさん（たしか水戸黄門の息子さん、それから、あばれはっちゃくのお父さん、この辺は年代的に分かってくれる人だけでいいです）が立っているのであった。

「なんでしょうか」

「ちょっと、この近くで事件があったのですが、何か物音など聞きませんでしたか？」

「いえ、特に何も……」

僕はにわかに緊張し、さっきまでの眠気が一挙に吹っ飛んでいる。

「そうですか、少しお話を聞かせてもらってもいいですか？」

「は、はい……」

何も悪いことはしていないのだが、小心者の僕はなんだかかなりびびってしまうのであった。

その理由はと言うと……刑事さんの目が優しくないのである。笑みの一つもたたえてくれれば、こちらとてリラックスしてこんなめったにない体験を楽しむ余裕すらできたかも知れぬ、しかし、状況はというと何となくいや、かなりヘビーにピリピリとしているのだ（こわいよー……）。

さて、ここからが災難の始まり。

災難その1　人相

おそらく想像するに人相が悪かった。

当時の僕は丸刈りであり、寝起きで顔はむくんでいる、おそらく右のほっぺたには教科書の跡がついていたかも知れぬし、よだれのあとまであったかもしれない、およそ、純情でさわやかな高校生とはかけ離れていたのであろう、人間第一印象は大切だ！

刑事さんは二人して顔を見合わせて、その後なめるように僕の顔を見るのであった。

災難その2　服装

「ところで君、どうして服着てるの？」

「あ、いえ、試験勉強したまま寝ちゃったもので……」

僕のいでたちはというと、サマーセーターにジーパンというものである。どう見ても朝の4時のファッションではない。

（や、やばい！　これは疑われている！）

災難その3　部屋

「部屋の電気もついてるね、明け方の4時だよ」

僕の部屋は試験勉強していた時そのままに灯りが煌々と灯っているのである。

明け方の4時に明かりが灯っている部屋はそうはない、ここは歌舞伎町でも六本木でもなくごくありふれた住宅街にあるごくありふれたアパートなのだ。

（ひえ〜　ま、まずいよ〜　ど、どうしよう……）

災難その4　玄関

「すまないけど君のくつを見せてくれるかな？」

「は、はい、分かりました」

刑事さんを引連れて共同玄関へ……すると！

（ひえ〜〜）×5（くらいの衝撃！）

数多くの下駄箱が並ぶ中、僕のサンダルだけが土間に鎮座しているのである。昨晩銭湯から帰ったときにしまわなかったのだ！（あー日頃から整理整頓を心がけておけばよかった……）

「これです」

「君のだけ出ているんだねえ……」

決して賢くない僕もこの場面がどれだけ危険なことかは分かってきた、ここまで怪しい状況が重なったとき誰もが自分の身を案じるのは仕方がないことであろう。

ここで二人の刑事さんは一旦お帰りになる。

「どうもありがとう、また何かあれば話を聞かせてください」

部屋に戻る僕。

さて、青ざめた顔で部屋で茫然としていると再びノックの音が……、

「はい」

開けると、そこには「山さん」が立っていた。

「君、本当に何か物音を聞かなかったかい？」

そして、次の瞬間二人の見事なチームワークのもとこんな会話がなされたのであった。ほんの少し遅れて東野英心が山さんのところに駆け寄り耳元で僕に「わざと」聞こえるようにこう告げるのであった。

「やっぱり、この部屋以外はどこも寝てますよ！」

（ひえ〜!!）僕はただただ、うろたえるばかりであった。そして、ついには、

「君、指紋をとらせてくれないか？」

「お、お断りします！　僕は何も悪いことしてませんから!!」

というわけで、指紋を拒否すると意外にもあっさりと二人の刑事さんは帰って行った。

小心者の僕のその日の試験が最悪であったことは言うまでもない。

試験問題に向かいながら、家に帰ったらパトカーがアパートの周りを取り巻いている光景が浮かんでくる。僕は変に想像力だけは豊かなのだ。

夕刊には事件の記事が「高校生〇〇事件で逮捕!!」

（僕は無実だー！！！）

一応形だけは試験を受け終わり、大きな不安を抱えながらチャリンコで帰途へ就く。

さて……おそるおそる家に帰ると……、
心配していたパトカーはおらず、ほっと一息。玄関でアパートのおばちゃんたちが話している中に知らぬふりで割り込んでいった。

「何かあったんですか?」

「いやぁね、今朝方刑事さんが来てアパートのみんなに話を聞いていったのよ」

「何でも痴漢強盗事件があったんですって」

「ち、痴漢強盗！　そ、そうなんですか……」

にわかに朝の不安がよみがえる……。

「でもさっき、また警察が来てね」

「来て……」

「捕まったから安心してくださいって」

「捕まった！」

僕の心の中に「安堵」という漢字が大きくクローズアップされて浮かび上がった。確か今日のテストで書けなかったはずの字なのに……、
もし、犯人が捕まらなかったらと思うと……、

教訓　試験勉強をする際は机の上で寝るべからず！

4　恋愛の神様

◆20歳の頃

「反省とは気づくことから始まる」

「気づけぬ者に反省する資格はない」


誰が言ったか知らないが蓋《けだ》し名言である……と僕は思う。


学生の頃を思い返し、何かやり残したことは？と聞かれたとしよう。

うむ、こうした哲学的でかつ人生にとって大きな命題の答えを見つけるのはなかなか難しい。

ある人は何時間もかけて自問自答した挙句、大きな後悔に身を委ねては苦悶し、ある人は何十ページの書物にして自分の人生を省みるかもしれない。僕にいたっては何か月も迷走を繰り返した末にようやく大きな答えに辿り着いた。

「女の子にモテなかった」

迷い続けた割には十文字で表現できてしまうところがいささか悲しい。

あの頃の僕は本当にモテなかった。大人になった現在は冷静に自己を分析すればその原因が少しは分かるのだが、当時はなぜにこんなに失恋するのか全く分からなかった。

「モテたい」と言っても、そんなに高望みをしていたわけではない、芸能事務所のアイドルのように黄色い声援を浴び、外出する際はファンに見つからないようにサングラスをかけ、時には三角関係の泥沼にはまり、目の前で僕をめぐって女の子たちが修羅場を繰り広げる……などというパラダイス的なものを夢見ても、それは叶わぬ夢であることは客観的に判断できる（うむ、謙虚でよろしい）。

要するに好きになった女の子にモテればそれで幸せなわけだが、とにかく失恋を繰り返した。周りを見て、彼女を連れて歩いているやつがいると本当に不思議だった。男を見ると、必ずしもイケメンばかりではないのだ。うーむ、これはいったいどういうことか……僕の疑問はふくらむばかりであった。

僕の失恋パターンは大体こんな形である。

1　女の子を好きになる。
2　つのる思いをおさえきれなくなる。
3「君が好きです、つきあってください！」
4「お友達のままでいましょう」
5　ガーン!!
6　熱を出して寝込む。
7　1に戻る

賢明な方ならば、すでに原因にお気づきと思うが、その時の僕はなぜ自分がフラれるのか「気づく」ことができなかったのである。

そんなある日、僕の前に恋愛の神様が現れた。

僕の親友にKという男がいる、バイタリティーにあふれたなかなか魅力的なやつである。当然と言うか素敵な彼女と楽しそうに毎日を過ごしていた。それだけでも僕にとっては尊敬に値することだった。

その日も僕は熱を出した直後であり、彼と酒を飲んだあと、夜更けの公園、瞬く星空のもと、野球のグラウンドに寝そべりながら彼にこう打ち明けた。

「また、フラれた……どうしてオレの恋は成就しないんだ？」

彼はしばらく無言で考えていたようだったが、やがて……、

……諭すように僕に神の啓示を与えてくれたのである……。

「おまえな、ダルマストーブって知ってるか？」

「ダルマストーブ？」

「そうだ、昔の小学校の教室にあったあのダルマストーブだ」

「それがどうした？」

「おまえの恋はいつもダルマストーブなんだよ」

「えっ、よく分からん」

「ダルマストーブにコークスいれてガンガンに熱する」

「ふむふむ……」

「教室中があったかくなるほど真っ赤に熱している」

「ふむふむ……」

「あれを誰かに押しつけたらどうなる？」

「……」

「お前のやってることは相手にダルマストーブを押しつけてるようなもんだ」
「分かるか？　熱は高いが、相手はヤケドしちまうか、びっくりして逃げちまうのがオチだ」
「そりゃ、おまえの熱い気持ちは分かる、でもそれじゃ女の子は引いちゃうんだよ」
「気持ちを押さえて、まわりから少しずつあったためてやれ、そうすれば気持ちが暖かくなって少しずつ心を開いてくれるさ」

がーーーん！

（神だ……）と僕は思った。
（なんてすごいやつなんだろう）感心することしきりであった。

僕の失恋の原因を見事に指摘し、なおかつ、わかーりやすい喩えで教えてくれたのである。

（そうか、オレはダルマストーブなのか……）

ここで僕は初めて「気づく」ことになる。
反省を始める「資格」ができたのである！

「分かった、これからはそうしてみるよ」

その後、僕はこの「教え」を忠実に守るようにした。

神の教えは正しかった。少しずつではあるが相手に気持ちが届くようになったのである。時間はかかるが、確実に届くようになったのである。やがて結婚する際もこの教えは僕にとって極めて大事な心の支えとなった。「あせりは禁物」というわけだ。

というわけで、世の中の猪突猛進型男性諸氏へ、参考になれば幸いです。

神様　ありがとう！

5　和洋折衷

◆20歳の頃

幸せの形はさまざまである。

友人のY君に誘われて結婚式場でアルバイトを始めたのは大学3年の時だ。花嫁さんをスポットライトで追ったり、BGMを流して盛り上げたりという演出のお手伝いであった。

2時間の式で6千円、時間が延びると延長手当も付いた。幸せいっぱいのカップルを見るのは気持ちいいし、時にはご祝儀までもらい、歴代のバイトの中でも1、2を争うほどのなかなか楽しいバイトである。1日に3組もこなすとけっこうな収入となった。

さらにこのバイトにはもう一つの「役得」があった。それは……披露宴に出される料理の数々である。披露宴が終わり、招待客が会場からはけると、すぐに後片付けが始まり、次の式の準備へと入る。この時、多くの、手を付けられていない料理がテーブルの上に残されているわけだ。

毎回ではないが、ある気の利いたチーフが会場を担当するとき、この幸せな時が訪れる。

「よーし、今から5分間、もぐってよーし」

その声を合図に僕らバイト軍団に至福の時がやってくる。

チーフの言葉を辞書を使って翻訳すると、

「今から5分間だけ残った料理食っていいぞー。ただし、客に見つかるなよー」となる。

披露宴の料理というのは案外手つかずで残っているものなのだ。特に洋食だと、バターやマヨネーズを使った料理は年配のオジサン、オバサンたちの口に合わないらしく何尾ものロブスターがそのまま残っている。

僕のお目当てはこのイセエビのテルミドールというやつ、5分間あれば10尾はいける。

友人のY君はメロンが好物でいつでもメロンを抱えていた。一人暮らしのY君の食生活はこのバイトによって大いなる潤いがもたらされていた。

ちなみに食べる場所はテーブルクロスに隠れたテーブルの下、この中に何人もの学生バイトがそれぞれの好物をあたかもリスがドングリを巣に持ち帰るかのごとく連れ去ってはむさぼるわけである。あさましいと言うことなかれ、僕らが食べなければすべて捨ててしまうのだ！　こんなにもったいないことはない！

このチーフの判断は断固として正しい！……（と僕は思う……）。

さて、そんなある日のこと、印象深い披露宴のエピソードを一つ。

僕らがその日もいつものように披露宴会場で準備をしているとなんとなく普段と違う異様な雰囲気に気が付いた。

僕とY君はほぼ同時にお互いの顔を見てつぶやいた。

「今日は何だかいつもと雰囲気が違うよな」

「おお、何だか違う」

会場に入ってくる招待客を見ていると、

一人目　坊主頭　無言
二人目　坊主頭　同じく無言　手に数珠
三人目　坊主頭　やはり無言　手に数珠　そして　決定打の袈裟姿！

そうなんです、全員坊さんなのです。

どうやらその日の新郎はどこぞやの有名なお寺の若僧侶だったらしく、新郎側の招待客の８割が坊さん関係なのだ。


一方の新婦はというと、これがごくごく普通の可愛らしいお嫁さん、当然のごとく新婦側の招待客は華やかなドレスを身にまとい友達同士談笑しながら席についていく。

５分後、僕ら目の前には何とも奇妙な光景が広がっていた。中央通路をはさんで右半分は色とりどりのパーティドレスの女性たちが……。

左半分は袈裟姿で無言、ニコリともしない坊さん軍団……。

分かりやすく喩えるならば、一塁側に天使、三塁側に悪魔といった状況である。

坊さん軍団の沈黙は主賓のあいさつが終わり、会食が始まっても変わらない。

淡々と祝辞が述べられていく。

僕らは冷静さを保ちながらも、

「おい、どうやって盛り上げよっか……？」と内心心配になってきた。

さて、この日も新郎新婦は一度お色直しのために退席をした
しばらく時間がたったあと、新郎新婦いよいよお色直しでの入場である。
扉が開き、僕は前もって手渡されていたカセットの音楽を大音量で流し始める。

な、何とキャンドルサービスである!!

坊主頭の新郎は白のタキシード！　花嫁も純白のウェディングドレス！

「へぇー、坊さんもキャンドルサービスするんだ……」

何とも不思議なキャンドルサービスが始まった。

二人は本当に幸せそうにキャンドルに愛の炎を灯して回る、初めに新婦側を回り、そしていよいよ三塁側の坊さん軍団に突入となった。


その時、あの沈黙の坊さん軍団はというと……、

それはすでに全員、ただの酔っ払いの集団と化していたのであった。

二人がやってくると、

「いい娘、もらったなあー、お見事ー！」

「しっかり修行せいよー!!」

さっきまでの沈黙はどこへやら、みんなでげらげら笑いながら新郎に赤ら顔で酒を勧めている。

「幸せになれよー!!」

新郎の坊主頭をなでなでしながら長老のような坊さんがはしゃいでいる。

それはとってもあたたかい光景だった。

そして、思わず笑っちゃう光景だった。

坊さんだって酒を飲んだらただの普通のおっちゃんなのだ。

「和洋折衷って感じかな」僕が言うと

「こんなのも……いいよな」Y君が答えた。

僕らはなんとなくうれしくなって幸せそうな二人をスポットライトで追いかけた。

6　極上のレシピ

◆6歳の頃

誰にでも忘れられない味があるという。

「ああ、僕は本場フランスで食べたエスカルゴの味が忘れられないよ」

「ええ、わたしは地中海を旅した時に食べたパエリアね、喩えてみれば太陽と海の味と言ったところかしら」

などという方々には、

「そうですか、それはようございましたね」

「たいそう美味しかったこってしょうね」

と「僻み」と「妬み」と「嫉み」と「羨望」の入り混じったため息とともにいじけつつお言葉をお返しすることにする。

僕は小さい頃、どちらかというと「お金持ち」ではなかった。ちなみに6歳の時のお小遣いは1週間で10円だったと記憶している。

さあ、10円で少年は何を買うのだろうか、食べ物の話題に持っていこうと思うのだが、答えは「否」。

正解は「怪獣のブロマイド」である。1枚5円、束になった中から袋に入った1枚を引き抜く。外からは中身が分からず選べないという非常に魅惑的なシステムとなっている。

カードの束から1枚を引き抜き、胸をドキドキさせながら袋からブロマイドを取り出す。カードには「あたり」「はずれ」が存在する。これは物理的なものではなく心理的なものである。

「怪獣」というところが我ながらほほえましい。もう少し上級生になれば、アイドルのブロマイドなどに憧れ、コレクションにも華やかさがともなうが、何しろたかが怪獣である。しかし、されど怪獣なのだ。レッドキングやバルタン星人のようなスター街道をひた走るカードを引けば、天にも昇る気持ちに、逆に中には万年係長止まりとおぼしき地味な怪獣も存在する。なにしろ1週間で2枚しか引けないのだ。そんな地味な輩を引いてしまった時の落胆たるや、子供心にも相当へこむものなのだ、ましてや、すでに持っているカードなぞダブって引こうものなら、気分は限りなくブルーに染まっていくのである。

近くに住む友達にA君がいた、彼はお金持ちのお坊ちゃまである。あるとき僕はとんでもない光景を目撃した。A君が怪獣ブロマイドを一束大人買いしたのだ！　たしか、50枚で一束だったと思う、金額にすると２５０円！　天文学的な値段だ。そして彼は畳の上に50枚分のブロマイドを袋を破っては引きだし、また破っては引きだし、並べるのである。

そこには、あの憧れのバルタン星人もゼットンも、そしてペスターもアントラーもあらゆる怪獣が「華やかに」横たわっていた。

僕はこのとき「ひがみ」と「ねたみ」と「そねみ」と「せんぼう」の気持ちを初めて体験した気がする。

しかし、賢明なみなさんならもうお分かりだと思う。こうした大人買いには夢やスリルや喜びのかけらもないことを……。

その後大人になって読んだ芥川龍之介の「芋粥」のごとく、あこがれのものは手に入れた瞬間にあっという間にその輝きを失い色褪せていくものなのである。

さて、食べ物の話に戻そう。

食べ物も同じような気がする、僕のずっと憧れていた食べ物にスブタがある。中学の給食で年に二、三度出るのだが、その美味さに感動したものであった。感動を倍加させる要素として、スブタは家庭では決して食卓に上がらなかったことが挙げられる。我が家では昭和ヒトケタ生まれの父親が和食党であったために、酸っぱいブタニクなどというレシピは万が一にも存在しなかった。ならば、お金を貯めて自分で外食すればと思うだろうが、当時、中華料理店でもスブタは割と高価なメニューであり、高校生になってからも自分の小遣いではなかなか手が出なかった。僕がスブタを自分のお金で心ゆくまで食べるのには、その後大学に入学して「餃子の王将」に出会うまで待たねばならぬ。

さて、贅沢なメニューには全くと言っていいほど縁がなかった僕だが、そんな僕にも6歳の頃にとてつもないごちそうが存在した。僕の手が届く中でそれはバルタン星人と肩を並べるヒーローたる存在であった。それは……「おせんべごはん」。

ここに未来永劫に語り継がれることを願いつつレシピを記したい。

1　アツアツのできれば炊きたてのご飯を一杯。
2　硬めの醤油せんべいを1枚ちり紙に包む。
3　トンカチで粉々に砕く。
4　アツアツのご飯の上にふりかける。
5　さらに、醤油を1、2滴垂らす。
6　おせんべとご飯を大きく箸ですくいはふはふ言いながら食す。

以上！


これがとてつもなく美味いのだ！　もちろん今となってはそれ以上に美味しいものなどいくらでも存在するだろう。しかし、子供の時のあの輝かしい味覚はいったい何なのだろう、こんな一見「粗末」な食べ物がかぎりなく贅沢な「ごちそう」だったのだ。

少年はその後も新鮮な味覚に出会いながら大人になっていく。


初めて食べたシーチキン。

初めて食べたポテトチップス。

初めて食べたスパゲティーミートソース。


年に一度くらいだろうか、僕は「おせんべごはん」を作って食べてみる。

その瞬間、50年以上の時が遡る。

心臓をドキドキさせながら引く怪獣のブロマイドも、質素ながらも幸せなひと時をもたらしてくれる「おせんべごはん」も僕にとっては手にするまでの過程も含めてどちらも極上のレシピだった。一度お試しいただき、ご感想などお聞かせくだされば幸いです。

7　それでも家を買いました

◆35歳の頃

家を買うのは結婚するのに似ている。かの有名なソクラテスが言ったかどうかは知らないが僕はそう思う。「縁と勢いとタイミング」この三つがそろったときに決心というものがつくようだ。

その時僕は家を探していた。マイホームに特別な憧れや夢を持っていたわけではない、当時住んでいた賃貸マンションが単純に狭くて高かったという理由である。家族四人で３ＬＤＫ、駐車場代を入れると約14万円也はいただけない。ちなみに東京都下である。

毎週のように物件を見に行くがなかなか「これは！」という物件に出会えなかった。決してお金持ちでない僕は中古物件を中心に探していたが、やはり古くて中にはお化けが出そうなものにも数件出会ったものである。それでは新築でも見てみるか……。

「おっ、これはなかなか、んーいいじゃないか、お値段は？」

「5千万円です」

「ご、ごせんまんえーん！！！」

とてもじゃないが手が出ない、当時の僕の給料で計算してみると、5千万円の家を手に入れるとすると、毎日三食梅干しごはん、今日は贅沢して卵をつけましょう……という予測がその場でついた、これでは家を買ったとしてもあまり楽しそうではない。というわけで半分あきらめながら過ごす毎日であった。

さて、そんなある日我が家に一枚の手書きみたいなチラシが舞い込んだ、車で5分ぐらいのところにある中古物件の紹介である。その頃はもう興味も薄れていて新聞広告など目も通さなくなっていたのだがたまたま僕はそのチラシを手にとった、いってみればこれが「縁」であろう。天気もいいし近いからちょっとひやかしに見に行ってみるか、と思い妻と子供と四人で出かけていったのである。

さて、物件を見て驚いた、まず「きれい」なのである、今まで見た中古とは比べようもない、聞けば築4年だという。売主さんにのっぴきならぬ事情ができて手放さなくてはならなくなったのだという。気になるお値段はと言うと2千650万円。

（これなら……買えるかも……）僕の血が騒ぎ出した。

世の中には何事にも慎重で石橋をたたいても渡らない人がいるかと思えば、思い立ったら後先考えずに突っ走るタイプの人もいる、B型の僕は後者である。当時の僕の自室には全く使われずに巨大ハンガーとなり果てたぶら下がり健康器や、低周波腹筋引き締めマシーンなどが化石の如く散逸していたものである。

かつて、初めて車を買ったとき、僕はいきなりディーラーに飛び込んで、あれこれ車を眺めたあと店員さんにこう言った。

「これ、ください」

店員さんも驚いていた。そりゃそうだ、大根を買うわけじゃないのだ。

聞くところによると普通の方々は、カタログを取り寄せ、いくつものディーラーを渡り歩き、試乗を重ね、何度も交渉しては値引きを引き出し、大安の日におめかしして、ご先祖様に手を合わせたのちにようやく契約にこぎつけるといった手順を踏むらしい。

僕のように考えもなしに衝動買いをする人はたいてい報いがやってくる。案の定、この僕の愛車ホンダ「シティ」は何度も壁とお友達になり、駐車違反のわっかを度々つけていただいたのち、短い期間で僕から去っていった。

しかし、B型の僕の血は家に帰ってからもおさまりそうにない。ローンの計算をしてみた、今の家賃の半分で買えそうだということが判明した。さあ、これで「勢い」がついた、あとは「タイミング」。

何日かのち、ふたたび物件を見に行くとたまたま他のお客さんが一緒に来ていたのである。家を見てなにやらご夫婦で話している。僕は耳をダンボのごとくそばだてる。

「あら、安いわね、きれいだし、いいんじゃない」

それを聞いてB型の僕に神の啓示が舞い降り、それは僕の口から3秒後に飛び出した。

「この家、ください！」

というわけで、三つの要素がみたされた結果、僕は「家」という大きな買い物をしてしまったのである。

一応「まけてくれません？」と聞いてみると「いいですよ」というお返事、2千500万円にまけてもらって、（言ってみるもんだなあ）と一人満足感に浸ったのである。月々の返済もどうやらなんとかなり、梅干しごはんにサンマの缶詰ぐらいはつけて過ごしている毎日である。

感謝、感謝。

8　時速100キロのサル

◆32歳の頃

長いこと人生をやっていると時には思わぬ出来事に遭遇することがある。

僕の友達にも、やれUFOを見ただの、やれお化けに遭遇しただの、やれ有名人に偶然出会っただの、そうした逸話を挙げると枚挙にいとまがない。

僕は幸いなことに霊感も弱く、有名人の知り合いとておらず、ごく平凡に生きているのだが、それでも神様は時折ドキッとするような試練を与えて下さるようだ。


とある土曜日、僕は友達と温泉に行く約束をして中央高速を車で走っていた。当日は現地集合、天気は快晴、おだやかな日差しの中、土曜日とは思えないほど道路は順調で僕の前に見える車は一台だけ。

「ふむふむ、この調子ならものの1時間で到着だな」

僕は鼻歌混じりに気持ちよくハンドルを握っていた。

山梨県に突入、都会の景色は緑の山々へと姿を変え、ますます気分上々、何もしなくても気持がよく幸せなドライブ、高島忠夫風に言えば「イエ～イ！」といった気分であった。

周りの風景からは建物は消えて目に入るのは鮮やかな緑と抜けるような青い空、予想していた渋滞もなくすべて順調、高速道路の標識も「動物に注意！」などというのどかなものが視界に入る。車が大月あたりを走っていたその時である、僕の右50メートルほど前を走っていたのは白いライトバン風の車、そのライトバンのさらに50メートルほど前になろうか、左側の山の斜面から何かが飛び出したのである！


「サルだっ！！！」


100メートルほど後方からだったが、大きさ、動き、なんとなく茶色っぽい色などから、僕の頭は意外なほど確実にサルであることを認識した。そのサルはまさにライトバンの前を横切ろうとしているのであった。

（南無阿弥陀仏！　あー轢かれないでくださいませ！）

僕の心臓は一瞬でばくばくいっている、ライトバンの運転手さんに至ってはその心境たるや想像するに……。

その時、悲劇は起こった。

結果から言うとライトバンはサルを避けきれなかった、というより高速道路を100キロで走っているのだ、避けて急ハンドルを切った時点で命はない、避けなかった、もしくは避ける間もなかったというのが本当であろう。僕は一瞬思わず目をつぶったに違いない。

そして、さらに奇跡的な悲劇が続いた。

結果から言うとサルはライトバンの左側のバンパー付近に触れて跳ね飛ばされた！　そして、奇跡的に角度を変えて左後方50メートルを走る僕の車に向かってものすごいスピードで飛んできたのである！！！

(ひえ～　サ、サルが飛んでくる～！！)

その角度たるや、高名な物理学者が計算と実験を重ねたとてあんなにうまくいくはずがないというほどジャストヒットの方向に向きを変えて、僕の車にまっしぐらに向かってくる。僕の車は時速100キロで走っていたわけで……その車に対してやはり時速100キロの車にはねられたサルがとんでくるわけで……(北の国から風に)。

世の中広しといえども自分に向かって飛んでくる時速100キロのおサルさんに遭遇した人はそうはいないのではないか、僕はギネスブックに申請したい。

(ど、どうしよう!!)

こうして活字にすると考えている時間がずいぶんとあり余裕こいているように伝わるが、実際には1秒か2秒という時間だったはずだ。僕は一瞬ハンドルを切ろうかと思ったが、が、がまん！　あとはお祈り！

「ドゥゴッ」という鈍い音と衝撃が体をつらぬいた。

（あー、南無阿弥陀仏　南無阿弥陀仏）

おサルさんはどうやら車のバンパーあたりに激突したようで……体中を冷や汗と悪寒が走る、僕は心臓をばくばくばくばくさせながらやっとの思いで車を路肩に止めておそるおそる車外に出た。イメージとしてはバンパーにおサルさんがしがみついたまま息絶えている（そんなはずないけど）そんな恐ろしい場面を想像していたのだ。

車を見ると特にへこんだところも、また血の跡などもなく、もちろんおサルさんがへばりついていることもなかった。道路の後方を見てもおサルさんの姿はなく僕はへなへなと路肩にすわりこんで恐怖が行きすぎるのを待つばかりであった。

今思えば、九死に一生だったのかもしれない。急ハンドルを切っていたら×、おサルさんがバンパーでなくフロントガラスにぶち当たっていたら×××……。

ようやく心臓のばくばくがおさまった僕は心の中で（おサルさん、ごめんなさい）と手を合わせて再び車を走らせたのであった。

その後到着した温泉宿の夜にはあの瞬間の鈍い衝撃を思い出さずにはいられなかったが、幸いなことに枕元におサルさんが立つことはなかった。僕は自分の霊感が弱いことに心から感謝した。アーメン……。

教訓　中央高速では飛んでくるサルに注意すべし。

9「和式」と「洋式」

◆38歳の頃

東洋と西洋の文化にはそれぞれ特徴がある。もちろんどちらがいいとは言えないが、例えばトイレならば断然洋式が優れていることは現代の日本のトイレ事情が証明している。小さい頃、日本に洋式トイレが入ってきた時、僕はこうつぶやいた。

「何となく違和感あるよな、やっぱり慣れた和式だよな」

しかし、かつてビデオ業界で先行したβマックスが後発のＶＨＳに駆逐されたように、使いやすいもの、良いものは確実に生き残っていく。ダーウィンの進化論は見事に真理を言い当てている。齢を重ね、体重も重くなってきた昨今、僕はかつてのつぶやきなどどこ吹く風で、

「洋式トイレはいいねぇ、もう和式は使う気になれないよ」

などと平気でうそぶいている。

38歳で初めての転職を体験した。「高齢出産」ならぬ「高齢転職」である。どちらも非常に危険が付きまとうが、決めたからには危険を覚悟で臨むほかはない。

すでに時代はネット転職に足を踏み入れつつあった。僕はいくつかの転職サイトに登録をして応募を繰り返していた。しかし、「厳しいなぁー」と痛感したのはやはり年齢制限である。多くの企業は、

「若くて、キャリアがあるやつを安い給料でやとうっぺ」

と考えている。これは企業側からすればごく当然の考えである。新卒を採って育てる手間がかからない分、即戦力をあわよくば安い賃金でと望むわけである。

ここで、年齢制限が大きなハードルとなって立ちはだかる。

多くは30歳まで、よくて35歳まで、40歳ＯＫともなると、それなりのキャリアや資格が要求されてくる。「若くなくて、資格もなくて、たいしたキャリアも積んでこなかった」僕にとっては非常に高いハードルである、気分としては飛び越えるどころか、手を挙げてその下をくぐり抜けられるほどの高さという感覚である。

それでも一昔前ならば、一生懸命、心を込めて履歴書を作成し、神社で願をかけ、お百度参り

をしたのちに投函すれば、企業の人事担当も、

「ま、歳くってっけど、1回くらい会ってやるっぺ」

などという人間臭いやりとりが存在したのかも知れない。

しかし、コンピューターはそのあたり非常にシビアである。

「1歳年齢こえてっけど、まあ、通してやるっぺ」とは決してならない。

あたかも、残高が10円足りなかったがために、駅の自動改札が冷たい電子音と共に無情に扉を閉ざすがごとく、送り続けるエントリーシートはことごとく敵のシールドに跳ね返されるのであった。

最初はそれが分からずに、条件に合わなくてもひたすら応募を繰り返していた。しかし、返事がある確率は10パーセントといったところ、もちろん、条件を見ると「35歳くらいまで」などと厳密にラインを設けていない会社に限ってだ。

「ふむふむ、これは、相当厳しい戦いになるな」

などと高齢転職者はあらためて先行きを案ずるのであった。

敵を知るようになってからは、条件に合う会社にだけエントリーをすることになる。こうすると一応コンピューターのシールドは避けられるようで、エントリーだけは受け付けてもらえる。

しかし、返事が返ってくるかどうかは全くの別物である。エントリーシートという無機質なデータに目を通した人事担当者は、その中でも活きのいい若手に目が行くようで、返事が返ってくる確率はやはり10パーセントといったところだ。

確かに履歴書と違い、エントリーシートには写真も載っていないわけで、僕も「若い女の子と若くない女の子、どっち選ぶ」と訊かれれば「若い子!!」とビックリマークを二つぐらいつけて答えるに違いない。仕方がないことである。

さらにその先面接までこぎつけるには万里の長城のような壁が立ち向かう、気分的にはそんな感じである。結果的に100社あまりの会社に応募し、10パーセントの確率通り10社ほどから返事があり、さらにその中で面接までしてくれるというのは半分の5社といったところだ。

さて、意気込んで面接に臨むが当然のごとくそう簡単に入れてくれないのが「和式」の会社だ。たとえ筆記試験、一次面接を通ったとしても、二次面接、三次面接と進み、果ては役員面接、社長面接と、その関門は計り知れない。ロシア土産のマトリョーシカのごとく、開けても開けても面接が待ち受けているわけである。

テレビで最近の大学生の就職ドキュメントなどを見ると本当に気の毒になる、何十社と落ち続ける学生の姿を見ると、一緒に飲みに連れて行って慰めてあげたいくらいだ。

就職試験に落ち続けるというのは本当に人格を否定されているようであんなに辛いものはないのではないかと思う。僕の場合は面接までたどりつけない苦しさ、今の学生は面接を落とされ続ける辛さ、後者の方がより厳しいと言えよう。

さて、紆余曲折の末、面接までこぎつけた結果、とりあえず僕も軽く4連敗を食らう、50連敗した学生には及びもつかないが、高齢転職者にはこれでも大きなダメージである。若さという武器がない分、この先戦い続けるにはけっこうな精神力が要求されるわけだ。

そんな中、５社目に「戦った」相手はちょっと今までと違う感触だった。今までの「モンスター」（失礼……）はどれも「国産」……「和式」のモンスターであった。ボスキャラはおろか、次のステージに進むことさえ困難を極める。ところが、今回のモンスターは、部屋に通されるといきなりボスキャラが待っていて、優しく微笑むのである。

「わたくしたちの会社は来る人は拒みません」

「年齢、職歴、人種、性別、一切問いません」

「えっ、そんな会社あるの？」

「今までの苦労はなんだったんだ……」

高齢転職初心者はかなりとまどう……。

こう書くといかがわしい会社かと想像する方もおられると思うが、決して変な会社ではない、今までのモンスターと何が違うのかといえば、「洋式」そう外資系の会社であったのだ。

人事担当者から説明は続く、ちなみにこの担当者20代の若さである。仕事は英会話学校の生徒の獲得、営業職となる。

話は非常に納得できる内容であった。１週間ごとに自分でノルマを申告し、ノルマさえクリアできればそれでよし。仮に一人をノルマとして月曜日に生徒を一人獲得すれば、残りの６日間は出社さえしなくてもいい、すべて休みとなる。

学校自体は実績のある学校で、この時話を聞かせてもらった「広告に金をかけすぎる会社は危険だ」という話も興味深かった。山手線のポスター1か月で何百万、ＣＭは億単位の金がかかる、口コミで経営が成り立っている学校は堅実だという話も信憑性があった。

確かに某ウサギのキャラクターの英会話学校などもこの話に当てはまると思うと募集自体は誠実だと今でも感じている。

さて、僕の目の前の担当者は、

「入社しますか？」と尋ねてきた。

僕は迷う、目の前には入社を約束する契約書があるのだ。

この先、何社受けても合格できる保証はないのだ。

結論は……、

「ありがたいお話ですが辞退させていただきます」


僕が踏み切れなかった理由はもうお分かりだと思う。外資系の会社の良さでもあり怖さでもあるが完全歩合制なのである。つまり、顧客獲得ができなければ1か月働いても給料は０円ということだ。独身ならチャレンジしたかも知れないが、結婚して子供がいて住宅ローンを抱えたこの無謀な高齢転職者には危険すぎる橋なのである。

「和式」の会社は中々入れてくれないが、一度入れてくれると大切にしてくれる、不祥事でも起こさない限りそう簡単には首を切られることもない。

「洋式」の会社はだれでも受け入れてくれる、しかし、入った後は完全にビジネスライク、昨月まで年収1千万円の社員が、翌月には解雇などという話もよく聞く。

これは、大学にもあてはまる、日本の大学は入るのが難しく、出るのが簡単、外国の大学は入るのは簡単だが、出るのが難しい。

この辺の考え方の明確な違いを、遅まきながら僕はこの時に勉強した。どちらがいいというわけではない。どちらも正しく、選択するのは自分自身なのだ。

転職には「心のフィット感」が大切だ。ずっと落ち続けていると、受け入れてくれる会社が現れた時、誰しもその会社にすがりつきたくなる。

しかし、心のどこかに「違和感」があるときには考えた方がいいと思う。あいまいな言い方だが、上手く転職できた人に話を聞くと何かしらの直感、気持ちの中に自分で納得できる「フィット感」があったという。それを無視して入社してしまうと、心ならずも転職を繰り返してしまうことが多いようだ。

僕はこのあと、とある会社にかろうじて拾っていただき、さらにもう一度だけ転職活動を経験するが、この時の経験を何とか活かすことができた。仕事だけに限れば三度目の人生ということになるが、今の仕事が「天職」だと思えるようになり20年近くが過ぎた、クビにならない限りは最後までお世話になりたいと思います。

現在転職活動中の方がいたら、参考にしていただければ幸いです。

10　くじらのかばやき

◆6歳の頃

誰にだって怖いものがある。多くの場合、それは小さい頃のトラウマを引きずっている場合が多いようだ。僕の場合第一位は「ゴキブリ」ということになる、こいつは多くの人の賛同を得られる場合が多い。

幼稚園の頃、夕方風呂に入っていると窓からカブトムシが飛び込んできた。

「やったー、カブトムシだー！」

と喜んでいたところ、このカブトムシは僕の腰のあたりに止まり、すぐさま、ものすごいスピードで顔のあたりまで駆け上ってきた！

「カ、カブトムシ　じゃなーい！！！」

というのがトラウマになっている。

第二位は「狭いところ」でいわゆる閉所恐怖症というやつである。これまた幼稚園の頃、異様に泣き虫だった僕は毎日泣いてばかりいては先生を困らせていた、ある日業を煮やした担任のN

先生（年配のおっかなーい先生）は、

「泣きやむまでここに入っていなさい！」と言って、僕をロッカーの中に閉じ込めたのである。

今の世の中ならば立派な虐待だが、当時はこの程度のことは当たり前のようにあったのだ。この時のことがやはりトラウマになったのか、今でも狭い所は苦手だ。

最近生まれて初めてMRIなるものを体験した。検査前のアンケートに「あなたは閉所恐怖症ですか」というのがあり「はい」にマルをつける。体を拘束されてあの狭いわっかの中に入っていく……、

「20分くらいですから」

「20分か……なんとか我慢……」

やっぱりダメである。5分と我慢できずに脂汗が出て暴れだしたくなる、看護師さんにお願いして両腕の拘束を外してもらい何とか乗り切った。過日話題となったチリの炭鉱事故など見ているだけで気が狂いそうである。

ちなみに「くすぐり」にも弱い、したがってスパイには向いてないと思う。

「秘密を喋れ！」

「誰がお前なんかに、話すものか」と敵をにらみつける。

「よーし、くすぐり始め！　コチョコチョコチョ……」

「ギャー！　ごめんなさーい。何でも話しまーす」

どんな国家秘密もすべて話してしまうに違いない。

さて、ここからが本題。

小学校に入学した僕にはとてつもなく怖いものがあった。それは何かというと「給食」。原因は、当時の僕がものすごくやせっぽちであまりにも少食、加えて好き嫌いも多いという軟弱な少年であったことによる。

僕の少年時代はまだまだ今ほど食糧事情もよくない時代で、食べ物を残すと非常に厳しくしかられたのである。僕の通っていた学校にも特に厳しいY先生がいて頑なに「残しちゃいけない主義」を貫き通していた。

（Y先生だけはやだなぁ……）

と思っていると図らずもそれは現実となる。

4年生に進級しY先生のクラスになった僕はやがて苦悩に満ちた1年間を過ごすことになる。

僕はそのとき白菜が苦手で「ワンタンスープ」というメニューが出るとお手上げであった。半べソをかきながら昼休みまでかかって白菜をスプーンでみじん切りにして戦っていたものだ。悲惨だったのは牛乳が苦手だったW君である、僕のワンタンスープは月に一度の登場であるが、彼の牛乳は毎日のお出ましだ。スプーンで悲しそうに牛乳をすくう彼の姿は傍で見ていても気の毒だった。

話を1年生に戻すと、月の初めに配られる。

「きゅうしょくこんだてひょう」

僕はこれをもらうと1日1日のメニューを入念に点検して、

「この日はだめだー」

「この日もどうしよう〜」

と心を痛めるのが通例であった。ちなみに1年生の時の担任のM先生は決してY先生のように頑なな「残しちゃいけない主義」を掲げていたわけではなく、面白くて大好きな先生だったのだが、逆に「残して先生に嫌われたくない」という今では失ってしまったであろうピュアな心が幼い僕を苦しめるのであった。


そんなある時、いつものように献立表が配られ、恒例の点検作業をしていると、僕の目はある日のあるメニューにくぎ付けになった。そして、数秒後には顔は青ざめ、心は恐怖におののく事態に至ったのである。

その日のメニューにはこう書いてあった。

「くじらのかばやき」

今でも覚えているが、僕の頭はパニックになった。給食を苦手とする少年にとってはあまりにもすごいネーミングなのである。何しろ「くじら」と「かば」である。僕の頭にはこの2匹の巨大哺乳類が丸ごと皿に載っている光景が映し出された、そしてその時思ったことは、

「ぜったいに、ぜんぶたべきれない‼　どうしよう……」

「ぜんぶたべるなんて　むり！」

そして、少年はただひたすら途方に暮れるのであった。

それからだれにも相談できずに長い長い2週間余りを、この迷える少年は戦々恐々と過ごしていくのでありました。夢にも出てきたなぁ……。


さて、当日の僕は午前中から落着きがなく（なにしろこれからくじらとかばを食べるのだ！）心配した先生が放課後家に電話をかけてきてくれたほどであった。

そしてとうとうやって来た給食の時間。クラスのみんなが何事もなく過ごしているのがあまりにも不思議で、自分だけが異空間にさまよっているような心持だったのをかすかに覚えている。

さあ、結果は……、
もちろんくじらとかばが皿に丸ごと載っかって出てくるはずもなく、僕は初めて口にするこの料理にとまどいながらも無事に全部食べ終えて、こう口にした。

「おいしい！」

甘辛いタレと一緒に香ばしく焼かれた「くじらのかばやき」は弾力のある歯ごたえとともに赤味の牛肉にも似た肉の旨味が口の中いっぱいに広がった。当時の給食はすべてパン食で米飯給食は皆無だったが、きっと白いご飯にムチャクチャ合ったにちがいない。

僕は、この日からほんの少しだけ給食が好きになった。

そして、あれから50年余り、くじらは今ではめったに口にできない高級料理となった。

11　脱毛のお話

◆22歳の頃

「若気の至り」という言葉がある。あらためて辞書を引いてみると、「年が若くて血気にはやったために無分別な行いをしてしまうこと」とある。

大学を卒業してとある公立の中学校に就職をした、先生になったわけである。下町の庶民的な地域にある学校である。当時の下町の学校というのはいい意味でも悪い意味でも先生と保護者の距離が近かった。

1年目にしてすぐに担任を持ち、6月には家庭訪問に出かけた。新米のペーペーの先生など保護者にしてみれば、わが子を預けるのにさぞかし心配で迷惑だったと思うが、どの家でもとてもあたたかく迎えてくれた。一軒当たり10分ぐらいの滞在予定で計画を組むのだが、1年目は計画通り行った日は皆無であったと思う。

一軒目で試練が訪れる。

「まぁ、先生、はじめまして、お世話になってます」

「いえ、こちらこそよろしくお願いします」

「どうぞ座ってください」

「ありがとうございます」

ちゃぶ台を前にして、お茶なぞ出していただいた、その時……、
何かが勢いよく僕に向かって突進してきた
キャンキャンキャンキャン!!

（い、いぬだ！）

「これこれ、チャッピー、だめでしょ、お客さんなんだから」

チャッピーはちゃぶ台の下から正座している僕の膝の上に駆け上がり顔めがけて飛びあがってくる。

「げ、元気のいい、ワンちゃんですね……」

「そうなのよ、先生、お客さんが来ると喜んじゃってねー。先生、犬、ダメですか？」

「い、いえ、か、かわいいですね……」

下町のお母さんはこのあたりが何とも、無邪気というか、無頓着というか……全く悪気がないのである。

結局僕はこのあと、チャッピーを膝の上に乗せつつお話を続けることになる。

「どうですか、うちの子は？　勉強はできないけど明るいのがとりえでねぇ」

「そうですね」　キャン！キャン！　（チャッピー僕の胸でつめを研ぐ）

「先生は若いから子供はとても喜んでるんですよ」

「あ、ありがとうございます」　キャン！キャン！（チャッピー顔まで登り僕の鼻をなめる）

というわけで僕は上半身に何か所か傷を負いつつ一軒目を「無事に」終了する。

はたまた、その日の最後の家では、

「おお、先生、よく来たね」

「あ、お父さんですね、よろしくお願いします」

「まあ、かたいこと言わずに、今日はうちで最後なんでしょ」

「は、はい」

「ま、一杯やりながら話しましょうや」

というわけで目の前にはお寿司とビールが用意され、いきなりの宴が始まるのである。

新人の僕にしてみれば断れるはずもなく、いいかげんな性格も相まって、

「では、遠慮なく」ということになる。

結局1時間ばかり飲んでいい気分になり、最後は、

「おお、先生、気に入った、これからもよろしく頼むわ」

「こちらこそ、よろしくお願いします」

と固い握手で別れる。

今では酒を勧める家もそれを飲む僕もいささか非常識ととられかねないが、実はこうした付き

合いは、その後の信頼関係においても案外大切だったりもするのだ。それにしても、「THE　下町」であった。

ちなみにこの日、なかなか帰ってこない僕を先輩の先生たちは心配して待ってくれていた。

そうしたあわただしさの中、足早に時間は過ぎ去り、学校は夏休みへと突入する。

夏休みの学校はのどかでとてもいい、先生も生徒も真夏の太陽の下、部活に明け暮れる毎日である。この時代は夏休みというと40日の間に1回か2回、日直が回ってくることを除くとあとはすべて部活の指導に時間を割けることのできた時代だった。今の先生は研修や補習をはじめ本当に忙しいらしく頭が下がる。良し悪しはともかく、この時代の中学校は「夏休み＝クラブ活動」という雰囲気だった。

さて、そんな夏休みのある日、僕もできたてホヤホヤの男子バレー部の顧問をしていた。

校長先生に直訴して作らせていただいたこの部活は部員7名。部員はすべて小さいか、太ってるか、運動神経が鈍いかのどれかに該当するというとても素敵な部活であり、この日も練習試合30セット連敗中という輝かしい記録を更新させつつ、それでも僕は午前の練習を楽しく終えて体育館から職員室へと向かった。

玄関で、テニス部の女の子に出会う、自分のクラスの子供たちだ。

「おう、頑張ってるな」

と声をかけると、意外な答えが返ってきた。

「キャー、先生毛深ーい!!」

（なぬ……毛深い……）

確かに僕のいでたちはTシャツに短パン、むき出しの足は「男の子」の足らしく立派にすね毛やもも毛が生えている。

「セクシーだろ?」

「キャー、うん、とってもセクシー」　彼女たちも全く屈託がない。

その場を上手く切り返してみたものの、ちょっぴり気になる。

（おれって、毛深いかなぁ……）

青年教師は見かけによらずナイーブなのである。

その日、家に帰って一人暮らしのアパートで一人しみじみ自分の足を眺めてはうなり続ける青年教師であった。

別に男の足が毛深いのは当たり前であり、悩むほどのことではないのだが、女の子に面と向かって「毛深ーい」と言われたのがなんとなく心に引っかかってもやもやするのだ。

そして彼はある決心をするのであった。

「よし、脱毛するぞ!」

（毛深いと女生徒に嫌われるかもしれないしな）

（汗でこすれて、結構痛かったりするしな）

心の中でさまざまな免罪符を唱えながら、青年は脱毛を心に決めるのである。

さて、決心はしたものの生まれて22年、ヒゲをそったことはあっても、脱毛したことはない。新聞の折り込み広告を見ると、薬局のチラシが見つかった。くまなく見てみると、

「お、あるある、脱毛クリーム。１２００円」

「案外安いじゃないか、これで美しい脚になれるなら安いもんだ」

「明日は休みだし、こいつを買いに行くか」

と考えた矢先、チラシの店の場所が目に入った。見るとその薬局は何と学区域の商店街にあるではないか。

（危ない、危ない、こんなところで買おうだなんて……）

もしかしたら、生徒の家かもしれない、そうでないとしても、もし、脱毛クリームを買っているところをクラスの生徒に見られでもしたら……。

口の軽い中学生のことだ、翌日から「脱毛先生」などとあだ名をつけられ笑いものになるのは火を見るより明らかである、ここはくれぐれも慎重に……。

翌日、僕は電車で10駅ほど離れた遠くの町の薬局に出向き、ＣＩＡのスパイのごとく、あたりを見回し、自分の気配を消しつつ、慎重に脱毛クリームを購入するのであった。

（よし、誰にも見られていない……完璧だ）

よく考えたら、買うのを見られなくても、脱毛した足を見られればそれまでなのである。何が

完璧なのだかまったくもってよく分からない。

アパートに帰り、日曜日の昼下がり、僕は「脱毛」という儀式に突入した。

説明書をよく読む。

1　まずは足をきれいに洗います。

僕は、台所の洗面器に水を入れて何度も濡れタオルで足をふいた（風呂なしです）。

2　次に足全体にクリームを塗りこみ10分ほど放置します。

（そうか、10分ぐらい放置すると自然に抜けるんだな、いや、溶けるのかもしれない）

僕は説明書の通りに鼻歌なぞ歌いつつ10分が過ぎるのを待っていた。

10分後、じっと自分の足を見る。

（うん？　変だな、一向に抜ける気配がないぞ……）

僕の足はクリームで光沢を輝かせながらも、何の変化も見られない。

（おかしいな……）

僕はクリームの入っていた大きめの箱をのぞいてみた。

そこには、トクホンかサロンパスをでかくしたようなシートが何枚か入っていた。

3　クリームが乾いたら、シートを足に貼り付けます。

真面目な僕は取扱説明書の先生のお言葉に従った。

4　貼り付けたシートを力強く剥がします。

「え、は、剥がすの？」

「1、2、3！　ペシッ！！」

「ギャー!!　い、いたーーーい！！」

「逆の足も、エィ！」

「ギャー!!　やっぱし、い、いたーーーーい！！」


勢い良く剥がしたシートには僕の足の毛がたくさん引っ付いている。

何のことはない、クリームで抜けやすくなるとは書いてあるが、結局ガムテープを足に貼っつけて思いっきり引っぺがすのと同じ原理なのだ。まるで罰ゲームである。

聞けば、高級エステでレーザーなどを使用しつつ、痛みもなく永久脱毛すると何万円もかかるとのこと、それを1200円で済ませようとした自分の愚かさに涙する青年教師でありました。

僕は（若気の至り……若気の至り……）と呪文のように心の中でつぶやきつつ、真っ赤になった両足をいとおしくなでるのであった。


教訓「安物買いの銭失い」は正しい。

12　新宿駅の奇跡

◆52歳の頃

この年、大型台風が東京を直撃し、僕は初めて帰宅困難者というやつになった。職場を出て新宿駅までは何とか到着するも、電車という電車は全て動いておらず、運転再開の見込みも全くつかない状態だ。駅には人があふれている。

（これは当分は動きそうにないな）

僕はひとまず駅を離れて時間をつぶそうと画策、駅から少し離れたファーストフードが比較的空いていて、ここなら長くいても何とかなりそうだと判断して、雑誌を片手に長居を決め込んだ。

そして2時間後、再び新宿駅に。2時間のブランクが功を奏したようで中央線が運転を再開し始めたところだった。しかし、駅には溢れんばかりの人また人の群れ、運転再開とは言ってもダイヤは大幅に乱れている、電車に乗るには運が良くても30分はかかりそうだ。

駅ではホームに人が溢れないようにと駅員さんが整列誘導を行っていた。しかし、そこは天下の新宿駅である、人の数が半端でないのだ。膨大な数の乗客を整列乗車させるには長い長い距離が必要だ。

そこで、考えられたのが「ディズニーランド方式」であった。人気アトラクションに並ぶあの長ーい行列をご想像いただきたい、あの幾重にも曲がりくねった待合ロードである。何度も何度も狭い場所を行ったり来たりさせることで行列可能な距離を作り出すわけだ。この「くねくね方式」が新宿駅でも採用されていた。行列の最後尾に駅員さんが大きな看板をもって立っている。

「最後尾はここです！」

と書かれた看板を目にしたときは思わず、

（おー、まさにテーマパーク）

と一人心の中で悦に入っていた。

この行列とにかくすごかった。新宿駅のコンコースは広い、1番線から16番線、東口から西口までゆうに300メートルはあるだろう。しかし、とても300メートルでは足りないため、このコンコース内にあの曲がりくねった迷路上の行列が作られているのだ。

僕はこの行列に並んでいて心から感心したことがあった。それは、

（日本人って……本当にえらいなー）

というものであった。これは心から正直な感想である。

このディズニーランド的長蛇の列にはロープ一つ使われていないのである。駅には中央線以外の電車に乗る人ももちろんいるわけで、往来は決して一方向ではない、それこそ縦横無尽に人が行き交うわけでその流れをロープで遮断するわけにはいかないのだ。

行列を統率するのは駅員さんの掛け声と「最後尾」の看板、これだけである。それなのに、おそらく数千人は下らないと思われる乗客たちは整然と川の流れを自ら作り出している、中には3時間以上も待たされようやく行列に加わった人もいるだろう、しかし僕が見た限り、駅員さんに詰め寄る人もいなければ、騒ぎ立てる人もいない。

この行列は前述のようにロープが張られているわけではないので、ある意味あいまいな流れになる、どさくさに紛れて列に割り込むこともたやすいことなのだ。けれども、これまた僕が見た限り、割り込む人は誰もいなかった。

日本人にはもちろん短所もある。

例えば流されやすいところ、マスコミが誰か一人を標的にして批判的な報道を繰り返す。もうその流れに逆らうことは難しい。大勢側につかなければ今度は自分までもが批判の標的になりかねない。これはテレビなどを見ていて本当に怖いと感じる。事実を多面的に見ずに、マスコミの情報に多大な影響を受けて、国民が一体となって悪者を作り出し非難する映像を見るたびに、(誰かを社会的に抹殺することなど簡単な事だぞ……こわーい!!) と感じる僕である。

さらには熱しやすく冷めやすい気質も然りだ。オリンピックのメダリストなども持ち上げるだけ持ち上げ、成績が振るわなくなるとそれこそ見向きもしない。

さて、この日の新宿駅だが、もちろん、僕が見たことがすべてではないだろう、人身事故で電車が止まった時、駅員さんにくってかかる人がいたり、中には酒を飲んで暴力をふるう輩もいたりと聞く。

車内放送で人身事故による電車の遅れを謝罪しているのをよく聞くが、僕は必要ないと思う。飛び込むのを防ぐことは難しいし、鉄道会社はむしろ被害者である。それなのに過剰に謝ると、電車が遅れた時に駅員さんを責めてもいいという雰囲気につながる気がしてならない。お客さんに対する過剰ともいえるサービスは時に逆効果を生むのではないだろうか。何事にも、僕の判断の基準は「是々非々」である。

そんなことを差し引いてもこの日の新宿駅の様子はまさに日本人の「美徳」を見た思いだった。何千人もの人間が以心伝心のごとく、この苦難を乗り越えようとそれぞれが小さな我慢と協力を心掛けているのだ。大げさかもしれないが、僕は小さな「奇跡」を見たような気がした。幾度となく日本を襲う震災の教訓が生きているのかもしれないし、生来「忍耐強い」国民性があるのかもしれない。

震災の時でもきっと他の外国ならば、暴動や略奪が横行したであろう状況で、日本人はお互いを助け合い、自分だけが生活必需品を確保しようとする買占めは強く非難された。この買占めに対する抑制は僕の生きてきた限り初めての経験だ、今までは石油ショックを筆頭に買占めは日本人のいわば「悪徳」として感じていたからである。

ようやく乗り込んだ電車はもちろん超満員であった。しかし、周りにいる人たちはすべてあの行列に並んでいた人たちである。そう思うと、まさにすし詰めギュウギュウ詰めの状況も、蒸し暑い車内も何ら苦にならず、

（よしよし、みんな、あの行列に並んでいた仲間なんだな）
そんな不思議な連帯感を感じた僕でありました。

13　ベルトコンベアーの憂鬱

◆20歳の頃

生まれて初めてアルバイトをしたのは15歳の時だった。中学校を卒業した春休み、親戚のおばさんに声をかけてもらって小さな工場に出向いた。その時の僕は仕事をするという意識は全くと言っていいほどなく、「まあ、ヒマなんでちょっと行ってみっぺ」という「みっぺ」感覚で馳せ参じたわけである。

場所は東京下町の三輪車組み立て工場、僕に与えられた仕事はというと三輪車の車輪となる丸い輪っかにゴムのタイヤをくりつけるというものである。誰にでもでき非常に単純な仕事で、ちなみに完全歩合制。タイヤを一個取り付けると3円、タイヤの装着はかなりの力が必要で、一つ填めるのに1分程度の時間がかかった。

さて、それから何年かしてバイト的物心がついた頃、ふと時給を計算してみるとすごいことに気がついた。1時間休まずに組み立てれば60個、一つ3円だから時給は180円ということになる。この時代の相場は高校生なら500円というところだったように思う。考えてみるとひどい話だが、当時基本的に中学生である僕は特に疑うこともなく、黙々とタイヤを填め続けていた。

そんなタイヤ填めから始まった僕のバイト人生だが、特徴が三つ挙げられる。

1　長期のアルバイトは比較的少ない。

2　短期のアルバイトは実に多種多様。

3　1、2にともない　◎　×　の差が激しい。

大学時代は学徒援護会というところによくお世話になった。下落合にあるアルバイトの紹介所で、黒板に何百もの仕事が書かれてあり、これは！という仕事の番号が書いてある箱に自分の会員カードのようなものを入れて締め切りを待つ。締め切った後、希望人数が超過していると抽選となり、当たりを引いたものだけが仕事にありつけるというシステムであった。

毎回ほぼ抽選となり、結果が出るまでの数分はけっこうドキドキハラハラのスリル満点で、当たった時の高揚感、外れた時の脱力感、毎回ギャンブルをしている気分であった。

当然おいしそうな仕事は倍率が高く、見るからに大変そうな仕事は低倍率となる。このあたりも慣れてくると倍率が低めでよさそうな仕事というものも見えてきたりするわけだ。

抽選に外れると残った仕事にもう一度入札できる、プロ野球でいえばドラフト外指名のようなもので、当然指名される選手には一流選手は残っていない、時には「打率2割の打者」や「防御率5点台の投手」を泣く泣く指名せねばならぬ。

僕はここで、短いもので1日、長いものでも2週間程度の仕事をよく見つけては小遣いを稼いでいた。

記憶を頼りに仕事を挙げてみよう。

「八百屋の店員」「スーパーの棚卸」「自動車展示場の裏方」「模擬試験の試験官」「もちの配達」「朝市の交通整理」「製本工場」「ビラくばり」「PC会社の助手」「パンフレットの校正」「工事現場の力仕事」「つぶれた店舗の解体作業」「デパートの売り子」

などなど。このほか友達の「ツテ」でもらった仕事では、

「結婚式場の音響と照明」「プール掃除」「体操教室のお兄さん」「ハンバーガー屋さんの店員」「病院での生体実験?」「生理学研究所での血液検査」(これ、2年ぐらいやってました)「塾の先生」(これ、一番長くて4年ほどやってました)など。

こうして見るといかに勉強していなかったがバレてしまうが、当時は社会勉強と称してバイト

に勤しみお金を貯めては旅になど出かけていた。(本当に勉強していませんでした　反省……)
　さてそんな中で「最もつらかった仕事は何ですか」と聞かれたとき迷わず「№1」!と言える仕事がある。これを紹介してみよう。

　その日も僕は学徒援護会で仕事をゲットし、オロナミンCのごとく元気はつらつ仕事場に向かっていた。場所は五反田、仕事内容が書かれた票には「工場　電気器具の組み立て」と書かれている、期間は10日間である。
　工場に着き、挨拶を済ませるとどうやら仕事の内容が分かってきた。ここは、某有名電器メーカーのクリーナー(掃除機)を組み立てる工場で、ベルトコンベアーで流れてくる掃除機をそれぞれの職人さんたちが自分の与えられた作業をこなしていくことによって最後に「いざ完成!」となる仕組みである。
　そして、僕に与えられた仕事というのが……、
　職人さんたちが組み立てて完成した掃除機の一番最後の工程として、「取扱いに十分注意してください」という内容のシールを貼り付けるという崇高な仕事なのであった。

　いやー参りました。とにかく参りました……。
　何が参ったかって、退屈なんです!!　流れてくるベルトコンベアーの掃除機を興味深く眺めて

いたのもほんの10分程度、隣ではベテランの職人さんが最後の組み立てを真剣に行っている、しかし僕の仕事は最後にシールを貼るだけ、この単調な仕事にものの1時間でやられてしまいました。

肉体的　　　　超楽
仕事の難易度　超簡単
精神的　　　　地獄

とにかく時間が経つのが遅い、そして、貼っても貼っても次から次へと真っ赤な掃除機が流れてくる。それはあたかも永遠で終わりがない営みの如く、簡単極まりない仕事であるがそれでいて休憩時間以外はトイレにも行けないのだ、流れ作業であるから、一人の仕事が滞ればベルトコンベアーを止めなければならない、休むことは許されないのだ。

午前中休憩を挟み3時間、午後はやはり休憩を挟み4時間。終業のベルが鳴ったとき、僕はすでに戦争で囚われ強制労働を強いられている捕虜の如くうつろな目で空を見つめていた。

かつて本で読んだことがある、人間を狂わすのは簡単だ、暗闇に閉じ込めて単調な雨音を3日も聞かせればいい……と。人間の精神は極限の単調さに耐えられないのである。

家に帰り考えた。明日の作戦である。

ラジオや音楽（当時ならばウォークマン）は当然禁止。話をしようにも隣はベテランの職人さん、しかも、僕と違い職人さんは組み立ての最後という重要な任務を遂行しているのだ、「おじさん、野球はどこのファン？」などとむやみに話しかけることもできぬ。

思案した僕はLPレコードを3枚、じっくりと聴き貯めした。

翌日仕事場についた僕は頭の中で昨日のレコードをA面の一曲目から忠実に再現していった。これはなかなか有効であった、仕事自体は間違えようがない簡単なものであるが故、頭の中ではメロディーはおろか、ベース音、果てはレコードの雑音までも見事に甦らせ没頭することができたのだ。

しかし、ここで僕はある失敗に気づく。3枚では足りないのである。せいぜい持って3時間。午後の4時間はまたも気の狂わんばかりの時間を過ごすことになる。その日の夜は7枚！と意気込んだがLP7枚を義務の如く聴くのはこれまたある意味地獄であり、勤行に他ならない。結局あきらめて、なんとか10日間の修行を全うするしかないのかと途方にくれるのであった。

トホホ……。

さて、修行5日目。大変な出来事が起こった!!

それは僕にとってこの上もなくうれしい、神の至福ともいえる素晴らしい出来事であった。

「ああ、神様！　ありがとう。僕は神に感謝し、今日を境に洗礼を受けます！」

というぐらいに心ときめく出来事であった。

「これまでの全てを懺悔し、すべてを神に捧げます！」

というほどうれしい、うれしい出来事であった。

その出来事は何かというと……

掃除機の色が変わったのである！！！！

それまで、来る日も来る日も僕の前を流れ続けていた赤い掃除機のはるか彼方にウグイス色の掃除機が流れてくるのが見えるではないか!!

「ああ、早くあのウグイス色の掃除機にシールを貼りたい!!」僕の心は千々に乱れる。
「ああ、もう少しだ。あと少しでウグイス色の掃除機にシールが貼れる!!」
「あと5台……あと3台……あと2台……ああ、いよいよ次だ！！！」

やがて鮮やかなウグイス色の掃除機が僕の目の前に流れて来た時、
僕は隣のおじさんを横目でチラッと見た。
そして見つからないようにあこがれのウグイス色の掃除機にこっそりとシールを2枚重ねて貼った……。

ちなみにそれからずっとウグイス色の掃除機が流れ続けて来たことは言うまでもない。
僕は10日の契約を待たず7日目に「修行」の場を去った……。

日給　7000円　也

こうした地道な作業によって僕らの暮らしは成立していることを学んだ貴重な体験である。
職人さん、本当にありがとうございます。

14　痛かった話

◆28歳の頃

漫画家「とり・みき」氏の作品で「イタイ話」というのを昔読んだことがある。読者から寄せられた痛かったエピソードを紹介し、最後に「痛さ度」を10段階で評価するという非常にシュールな漫画であった。

例えば、その内容の記憶をたどってみると、

●ささくれを剥がしたら思いのほか深くえぐれてしまった。　「痛さ度」１
●チョコレートにくっついていた銀紙を奥の銀歯で噛んだ。「痛さ度」１
●思わず落としたビールジョッキが足の小指を直撃。「痛さ度」３

解説　足の小指関係はけっこう痛い。といった具合である。
「痛さ度」が進むと読んでいるだけで「ギャー！　い、いたたたたっ!!」となる。
●消防士が火事の現場で二階から落ち、着地の際に五寸釘を踏み抜く！　しかも、その釘は火事の熱で真っ赤に焼けていた！！　「痛さ度」６

あー……書いているだけで痛くなってきました。ちなみに「痛さ度」10は読むと確実に悶絶します。興味がある人はぜひご一読を、ただし痛さに弱い人はくれぐれもご注意ください。

さて、本題。
「思い切って切っちゃいましょうか、そのほうが早く治りますから」……お医者様の言葉である。世の中にはできるだけ経験してみたいものと、できれば経験したくないものとがある。今回のお話は後者である。

正月早々、通勤の途中で僕の愛車ジョグ50ccは不運にも交差点で車とケンカしてしまった。当然ながら僕の愛車は大破し、僕は10分後、救急車の中の人となった。

この事故により僕はおしりに深さ5センチにわたりバイクの金具が突き刺さり！　おしりの穴が二つになってしまったのであった。けがをして10日目、病院の先生がおっしゃったのが冒頭の台詞である。傷口をいったん開いてから縫合することでそのままにしておくよりも治りも早く、傷あともきれいになるという。

僕はどちらかと言うと痛いのは好きじゃない。小さい頃フナの解剖を見て気分が悪くなった経験からしてどうやら血を見るのもあまり得意じゃないようだ。

「なーに、簡単、30分で終わりますから」と先生はのたまわれたが、僕の顔は恐怖でピクピクと震えるのであった。

家に帰りこのことを妻に告げる。おののきを悟られてはならぬ、夫の威厳が失われてしまう。僕は平然を装うが、言葉はどうも弱々しい。

「明日、おしり、しゅ・しゅ……手術することになった」

かなり震えていてどうにも情けない。

「えっ、かわいそう！　麻酔の注射ってけっこう痛いのよね」

などと恐ろしい情報が返ってくる。彼女は手術経験者なのである。言ってみればプロだ。対する僕はアマチュア、僕の恐怖は増加するばかりであった。

さて、翌日、いよいよ手術当日である。僕はうつむきがちに病院に入る。看護師さんが手術室へといざなってくれる。僕はおしりをペロンとめくられ手術台の上にうつ伏せに寝かせられた。頭上にはＴＶで見たことのある手術用のライトが光り輝いている。ああ、死刑になる前というのはこんな気分なのであろうか……。

「たいしたことないですよ、すぐに終わるから」先生がおっしゃった。

（ん、そうか、たいしたことないんだ）と自分で自分を励ます。

まず麻酔注射を１本、……けっこう痛い、が、我慢できないほどじゃない。

「じゃ、切りますよ」という声とともにおしりにメスが入った！

部分麻酔だからメスが入る感覚がはっきり分かる。

まさに今、鋭利な刃物が僕の体の一部を切り裂いている　ｉｎｇ　である。

僕は自分の運命のすべてを先生に託した。（頼みます、先生！）

ところが、図らずもここである重大な事実に僕は気付く。

おしりが痛いのだ！

（おいおい、痛い！　けっこう痛いぞ……でも、がまん、がまん、僕は男の子だ）

しばらく我慢するも痛みは一向に治まらない。

（あいたた……やっぱり痛い……）

なんだか気持ち悪くなってきた。このままでは下手すると悲鳴を上げかねない。

（い、いたーい　いたいですー……）

ついに我慢が限界に近づいてきた。

僕はうつ伏せになった顔をカメのように少し上げて、目の前にいた看護師さんに恐る恐る話しかけた。

「しゅ、手術って少しは痛いものなんですよね？」

「えっ、あなた痛いの？」

その言葉を聞いて僕は悟った（言わなくちゃ損だ……）

「い、痛いんですけど……」

「あら、先生、麻酔効いてないみたいですよ」

「えーっ！！」

どうやら麻酔が効かないままおしりを切られていたらしい。

「あ、痛い？　ごめんね、じゃ、麻酔２本追加で打って！……」

僕のおしりに特大の注射がさらに2本追加で注入された。

すると、追加の麻酔が効いたのか、うそのように痛みは消えた。僕は目の前に積み重なる血のついたガーゼに目をうつろにしながら先生をうらめしげに見つめるのであった。

ちょっと想像していただきたい、麻酔が効かずにおしりをメスで切られていたのだ、仮にナイフで生身の手を切っているとしたら、その光景たるやランボーもしくはホラー映画かスプラッター映画のシーンではないか。体の中では比較的鈍感な臀部とはいえ、僕の苦痛が容易に分かっていただけよう。

生まれてから最も痛かった体験とここに断言することをあえてはばからない。それにしても先生！　勘弁してください……トホホ。

教訓その1　痛いときには痛いと言おう　下手な我慢は禁物　もう痛いのはいやだ！

この話には後日談がある。

学校の先生をしていた僕はこの話をホームルームで話そうと心に決めていた。事実は小説よりも奇なり、めったにできない経験でもある。これをネタに使わずしておくべきか、あの時の痛みを思い出し「魔太郎」の心境である。

僕は自分の国語の時間をつぶして担任していた3年4組で1時間たっぷりとかけて、かなり大げさに話して聞かせた。このあたりが担任の役得である。

予想通り、大受けである。

〝よし、元はとった！〟と心の中で満足げにつぶやく。

あんなに痛い思いをしたのだ、このくらいの楽しみがあっても罰は当たらないだろう。

さて、授業が終わり職員室に戻ろうとしたとき、クラスのある女の子が僕のところに近寄って来た。なにやら不敵な笑みを浮かべつつ、うれしそーにやってくる。

「どうした？」

「先生、大変だったね」

「えっ」

「ちょっと涙目だったでしょ」

僕は一瞬何を言っているのかが理解できず頭の中を整理しようとしたその時、

「お母さんが言ってたよ」

「えっ、ええーーーーーーーーーーーっっっ！」

「私のお母さんあの病院の看護婦なんだ」

がーん！

まさかあの姿を見られていたなんて、おしり丸出しの情けない姿を……。
その日の夜、心なしかおしりの傷が疼いた気がした。

教訓その2　学校の近くの病院で手術を受けるべからず。

お読みくださったみなさん、ぜひ「痛さ度」の判定を！

15　小さな冒険

◆8歳の頃

子供は小さな冒険が大好きである。家の近くにちょっと怪しげな研究所があった。今となっては記憶もおぼろげだが、とにかく入口の看板に「研究所」という文字があったのは記憶に生々しい。敷地も結構広く、コンクリートに覆われた外壁が何とも不気味で、ショッカーのアジトのような雰囲気がムンムンなのである。

僕らは壊れた外壁の下からこっそりと忍びこむ、誰かに見つかれば怒られるというスリル、探偵かヒーローを気取った僕らは夏休みになると毎日のようにこの冒険を繰り返した。

男の人には見つかっても大丈夫、優しくしてくれる。でも女の人に見つかるとヤバイ！などというわさがまことしやかに話され、信憑性を持ってわれわれ仲間の間で情報として交換されていた。

もっとも、僕らの侵入の目的はというと、中にとらわれているヒロインを助けだすわけでも、ショッカーの首領と対決に行くわけでもない、この研究所の広い庭にはまるで森のようにクヌギの木が生い茂っており、僕らの目的はそこに生息する「お宝」カブトムシの奪取であった。

明け方に入ることはまれで、多くは午前中の陽も高くなってからの事だったので大した成果はなかったが、それでも運が良ければこの「お宝」を手にできたのである。これも一つの冒険。


次なる冒険は今ではなかなか体験できない。


当時電車が大好きだった僕はヒマがあると近くの駅に出かけて行っては何時間もぼんやりと電車を眺めていた。

男の子にとってなんと気持ちをゆすぶられるものなのか、とはいっても小学生低学年の少年には実際に一人で電車に乗って出かけることもかなわない、改札付近に落ちている切符を拾ってはコレクションする以外は、ただやってくる電車を眺めては幸せなひと時を過ごしていた。

ある日、少年にちょっとした冒険のチャンスが訪れた。まず、記憶が確かではないが、この日は平日にもかかわらずなぜか学校が休みであった。僕は朝の8時頃から堂々と駅まで出かけていく、平日の午前中に遊びに行く時というのはどうしてあんなに心がときめくのであろうか。「今日は朝から思う存分電車が見られるぞ」と思うと気分は最高である。

駅に到着、するとそこには衝撃の光景が！　生まれてこの方見たことのない光景が目に飛び込んできた。

線路を多くの人が歩いているのだ！「いったい何があったんだ」少年は戸惑う、目の前の光景が現実のものと思えず、夢でも見ているかのようだった。

この光景の答えは……「ストライキ」。

当時は今と違って年に2、3回は労使がもめて交通ストライキがあったのだ。おそらくこの時も四月の春闘の時期だったのかもしれない。この駅はターミナルの一つ手前だったせいもあり、ひとまずターミナルまで行けば国鉄以外の通勤手段が確保できるわけで、通勤のサラリーマンがこぞって線路を歩いてターミナルに向かっているわけだ。ある意味ちょっとのどかな光景でもあり、おそらく現在ではもう不可能なのではないだろうか、何よりストライキ自体がもう何十年と行われた記憶がない。

なにはともあれ、少年の心はときめく。

「線路を歩けるんだ！」

僕は大人たちに混じって線路を心軽やかに歩いて次の駅まで「旅」した。これまた記憶がおぼろげなのだが、通勤の時間帯が過ぎて大人たちがいなくなってからもずっと歩いていた。

さて、三往復ぐらいしただろうか、気がつくと線路を歩いている大人たちがほとんどいなくなった時である、僕は背後から聞こえる大きな警笛に思わず、振り向いた。そこにはゆっくりとした速度で近づいてくる「国電」の車両が！　どうやら時限ストだったらしく、ストを解除した初電が走りだしたようだ。

あわてて、線路の外に逃げ出すと、電車はゆっくりと駅へと向かって行った、こうして僕の冒険は2時間足らずで終わったのだが大満足の1日であったことはいうまでもない。

最後はもっと身近な冒険。

僕の家には当時風呂がなく、近くの銭湯に通っていた。銭湯はちょっとした社交場で、家から近かったこともあり子供同士で行くことも許されていた。夕方の5時頃に行くとたいてい近所の誰かが来ていて、湯船の淵に腰かけてしゃべったり、何やらおもちゃを持ってきては湯船に浮かべてみたりとちょっとしたワンダーランド状態、ちょっぴり怖そうなおじいちゃんの目線を気にしつつも、楽しいひと時を過ごし、風呂上がりには定番のコーヒー牛乳かフルーツ牛乳を飲んで家に帰るというのが日課だった。

銭湯の湯船は浅いものと深いものの二つがあった。子供は浅い方へ入り、大人は深いほうに入るといった感じである。そして、この二つの湯船は完全に仕切られておらず、そこの方に50センチ四方ぐらいの四角い穴があり、そこでつながっていた。

ある日、いつものように何人かで湯船の淵に腰かけて話していると、友人のA君が、「オレ、あの穴くぐれるんだぜ」とのたまった。

そして、「いいか見てろよ」という自信ありげな笑顔とともに潜水開始。見事にこの穴をくぐりぬけて深い湯船から浮き上がってきたのである。

「スッゲーな」

「なっ」得意満面のA君。

「みんなもやってみろよ」とA君の声。

しかし、プールとは違い底は見えないしお湯も熱い、僕にはなかなか勇気のいる冒険であった。

その日以来、この穴をくぐりぬけることがある意味「勇気」のステータスとしてクラスで流行り始めた。

「昨日はあいつがくぐったぞ」とか「今日こそ、オレはやる」など学校ではその話で持ちきりとなった。

そんなある日、学校へ行きその話をみんなに振ってみると、なぜか無反応……。

「どうしたの」

「昨日Bがつまった……」

そうです、ぽっちゃり体型のB君が我が身を省みず無謀な挑戦を試みた挙句にあの狭い穴に詰まってしまったというのだ！

幸い近くの大人にすぐに救助され大事には至らなかったが、親にも相当怒られたらしく、この日を境に僕らのこの「冒険」は終焉を迎えた。

「冒険」に危険はつきもの。こうした小さな「冒険」は、ささやかなスリルとともに少年たちを魅了していく。

そして、僕らは少しずつ大人になっていくのだ。

16　駄菓子屋パラダイス

◆12歳の頃

「人間は考える葦である」

「駄菓子屋は子供にとって夢の城である」

とパスカルが言ったかどうかは知らないが、駄菓子屋は小学生とって心ときめく場所であった。

大人の世界に例えれば「サロン」である。

大人は高級なブランデーをたしなみながら、洒落たつまみを肴に時にビジネスを展開し、時に異業種交流の場として己の実業人としての実力を財界に広めていく。

僕らは10円のチューペットの先端を歯で喰いちぎっては口にくわえ、ソースせんべいを片手に、時にベーゴマや悪漢探偵（いわゆる泥警ですね、僕らの地元ではこう呼んでました）缶ケリに興じ汗だくで走り回り、時には他の縄張りから乱入してきた相手にチェーリングの勝負を挑み、相手からの戦利品を長くつなげては己の実力を周りに見せしめるのであった。

僕の行きつけの駄菓子屋は主に3軒あったが時代の流れと共に、老舗であった「鍛冶屋」と「池田屋」は新興勢力の「富士屋」に勢力拡大を許し、1年後にはあわや閉店かという状況に陥り、その存在は風前の灯となりつつあった。このあたりはかの有名な「駄菓子屋三国志」に記載されているのでここに説明するまでもなかろう。

「富士屋」の台頭には大きな理由があった、他の2店が一般道の街道沿いに城を構えていたのに対し、「富士屋」は大きな公園を目の前にしているという圧倒的な地の利を得ていたからである。

子供たちは公園で遊んでは「富士屋」へ行きのどの渇きや空腹を満たし、また公園へと帰っていく。いわば前線の補給基地ともいうべき存在となっていたのである。これで栄えないはずはない。かくしてその後3年余り、「富士屋」はその隆盛を誇り続けることになる。（「駄菓子屋三国志」より）

というわけで駄菓子屋である。今では懐かしブームで大人も駄菓子屋を訪れる昨今だが、ビルの中にあっては興ざめだ、やはり駄菓子屋は公園の前でなくてはいけない。

軍資金は小学校5年生で200円が平均だっただろうか、時たま千円札を持ってくるやつがいるとみんなで囲んで、

「おーーっ、金持ち！」

と嘆息を漏らした。ほとんどが10円、食べ物に関してはどんなに高くても30円が相場だった。懐かしネタになるため、同世代の諸氏には共感を得られると思う小さなエピソードをここでは紹介したい。

思い出の駄菓子は何？

飲み屋での定番のネタである。

「俺はヨーグルかな、あの安っぽい味がたまらん」

「やっぱりソースせんべいでしょ、回転盤の20枚の所って角度としたら一度あるかないかだぜ、止まるわけないじゃん」

「夏ならチューペットでしょ、凍らせたバージョンと凍らせないジュースバージョンがあったんだよね」

「ふ菓子も懐かしいよな、あのパフパフ感と口の中でしぼんでゆくモゾモゾ感が不思議なんだ」

などと話題が次々と出てくるのがわが世代である。ちなみに僕が印象に残っているのは「ハッカ紙」である。確か1枚5円だった記憶がある、横10センチ、長さ30センチぐらいの紙にヒーロー

の絵と共にハッカが塗ってあり、少年たちはその紙をちぎっては口に入れ、ハッカの味がしなくなるまで口の中でなめとる、そして味がしなくなった紙をペッっと地面に吐きだすという、教育上においても衛生上においても極悪ともいうべき教育委員会の敵ともいえる駄菓子であった、安っぽさで言えば究極といえよう。


ここで紹介する僕の小さな思い出は「アンコ玉」にまつわるものである。

その日も僕は銀玉鉄砲を片手に仲間と公園で撃ち合いをしていた。

銀玉はひと箱10円だった、たしか30玉くらい入っていただろうか、また、高級品としてひと箱20円という倍の価格を誇る、銀色ではなく金色にコーティングされた玉も売られていたが、ここではその通称名を記すのはあえて控えておきたい。

銀玉鉄砲の撃ち合いはなかなか迫力がある、20分も撃ち合っているとかなり疲れた。ちなみに貧乏である少年たちは10分くらい撃ち合うとたいていは「補給タイム」という時間が設定され、今まで撃っていた銀玉を休戦して拾って再利用した。このあたりは太平洋戦争下の日本軍同様、お金がかかり、新品の補給などままならないのである。時折お金持ちのボンボンが何十箱もの銀玉をデカ箱に大人買いをしているのを見ると、物資に長けたアメリカに日本が竹やりで対抗したかのごとく貧乏涙にくれたものである。

さて、疲れがピークに達すると僕らは前線基地である「富士屋」へと向かう。

そして、疲れた体に補給物資を入れるのだが、人によって買うものか当然違った。ジュースでのどの渇きを潤す者、ボリュームのあるカレー味のせんべいなどで空腹を満たす者など多種多様だ。

そんな中で僕がよく選んだのはアンコ玉であった。直径5センチほどの指でつまめる程度の大きさの文字通りアンコの玉である。

僕がこいつを選ぶ理由は、マニアの方ならお分かりであろう、そう「当り」があったからである。アンコ玉を指でつまみ、半分くらいをかじる、すると時々固い砂糖のかたまりをガチっと噛むことがある。こいつがいわゆる「当り」だ。当たるとその場でもう1個もらえる。

ある時、僕はこの「当り」を4回連続で引き当てるという奇跡を体験した（たいした奇跡ではないですね）。

驚きました。引いても引いても「当り」が続くのだ、10円で計5個のアンコ玉を手にした少年の気分は、大人の世界ではさながら高額の宝くじを当てたかのごとく幸せな気分だった。

今思うにあれは単なる偶然ではない。僕は名探偵ホームズよろしく推理を試みた。

おそらく想像するに卸問屋から「富士屋」に納品されるアンコ玉には通常バージョンの箱と「当り」ばっかり入ったバージョンの両方があり、店の店主がそれを混ぜ合わせてはひと箱の中に「当り」の波を作っているのだ。

そして「当りやすい日」と「当らない日」を演出していたのではないか、このあたりはパチンコ屋のイベント運営の手法と同じだ。イベント開催日のアンコ玉は「お祭りボックス」と化すわけである。

さらなる推理として「富士屋」のおばちゃんはもうかなりの高齢だったため、もしかすると混ぜ合わせるのを忘れたのではないか、そういえば、最後の当りを引いた後、箱にはアンコ玉が無くなり、次に引いたのは新しい箱からだった、ここで連勝は途切れたわけである。

この推理、実に見事ではないか！　しかし、真相はいまだ藪の中である……。

つい最近職場の近くに出来た「居酒屋バー」なるものに行ってみた。懐かしい駄菓子に囲まれビールを飲んだ、それはそれでおつなものだが、炎天下の公園の楽しさにはかなわなかった。

駄菓子屋はやはり子供のための天国なのであろう。

17　スタートダッシュ

◆4歳の頃

スタートダッシュは大事だといわれる。

陸上の短距離しかり、プロ野球のペナントレースしかり、いずれも失敗すると後から追いつくのは至難の業である。

人生においてもスタートダッシュは大事だ。大器晩成型の人も世の中には多々いるが、若いうちに成功体験を重ねる方がその後の人生を余裕をもって生きていける気がする。逆に若い時に必要以上に辛酸をなめると、性格が変にねじれてしまいその後修正するのもなかなか大変だ。

セレブの友人が庶民の友人に、

「若い時の苦労は買ってでもした方がいい」

と言われた時、

「若い時にしなくていい苦労はすべきでない」

と切り返したのを覚えているが、どちらも真実という気がして困ってしまう。

僕の人生を振り返ってみた。

スタートダッシュに見事に失敗した。

時は春、ピッカピカの幼稚園生が一斉に入園する。生まれて初めて社会集団に合流せねばならぬ。僕は4歳なりに覚悟と決意をもって、入園式という儀式を待っていた。

無事に入園式を終えて気が緩んだのかもしれないが、僕は悪性のはしかにかかってしまった。実に入園式の次の日からである。おぼろげな記憶だが、高熱が出て、顔に発疹のようなものができたのを覚えている。そして、この重いはしかは完治に2週間の時間を要したのだ。

見事なスタートダッシュの失敗である。

陸上競技で言えば、ピストル音とともに滑ってコケたようなものであり、プロ野球で言えば開幕から10連敗したようなものだ、気が付くと首位のチームはおろか5位のチームの背中さえも見えない。

２週間ぶりに幼稚園に登園する。しかし、そこでの僕の存在はまさに異邦人、すでにすみれぐみのメンバーはそれぞれに派閥を作り仲良く遊んでいる。幼稚園でも政治の世界でも一匹狼の立場は弱い、まして僕は狼などではなく、友達を求めてウロウロとさすらう迷える子羊なのだ。

友達ができないことに僕はあせった、さらには山椒魚のように狼狽し、ついにはメロスのように激怒した。

「幼稚園なんかつまんなーい！　もう行ってやるもんか！」

登園拒否児と化した僕は翌日からささやかな抵抗を始めた。

登園の時間になると泣き叫び、手帳を放り投げるなどの実力行使に及んだ、それでも当時、昭和の親は決して甘くなく無理やり引きずられて幼稚園に連れて行かれてしまう、力では大人にはかなわないのである。

（ちなみに登園拒否は遺伝するらしく、僕の子供も同じように反逆の日々を繰り返した、この子はかなり過激で迎えに来てくれた先生の走る車から飛び降りようとしたのには驚いた）

さて、幼稚園に連れて行かれてしまった僕は考えた。

何とか抵抗せねば……。

園児は次なる作戦を練ることになる、そして作戦はついに完成した。

名付けて《絶対に泣き止まない作戦》
これは先生が何人かかっても絶対に泣き止んでやらないという、かの第二次世界大戦時に連合国が行ったノルマンディー上陸作戦に匹敵するほどの崇高な作戦であった。

初めの頃、この作戦の効果は絶大であった。多くの先生が僕を囲んであやしてくれるも僕は泣き止まず先生を困らせ続けた、ついには、

「仕方ないわねぇ、お母さんに迎えに来てもらおうかしら」

など幼稚園を脱出するという当初の目的を達するかのように思われた。

しかし、そこは敵もさるものである、きっと今までも僕のようなめんどくさい園児はいくらでもいたのであろう。大人の我慢にも限度があるというものだ。

ここで敵は最強兵器を送り込んできた。幼稚園でもっとも怖いと噂されていたN先生の投入である。

野球で言えば、1点差の9回裏ノーアウト満塁でリリーフしてきた絶対的な守護神のようなものだ。N先生ににらまれるとたいていの園児は泣き止み、三振に倒れる。

泣き叫ぶ僕のところにN先生が仁王立ちに立ちふさがった。

そして、こう言い放った。

「そんなに泣くのが好きなら、いつまでも泣いていなさい!!」

「そのかわり、みんなに泣き声が聞こえないところでね!」

N先生はいきなり150キロの直球を投げ込んでくる。

僕はビビったが、それでもささやかに抵抗を続けた。

するとN先生はついに決め球に落差50センチはあろうかというフォークボールで僕をしとめにかかった。

何と!!　僕を園服などがかけてあるロッカーに閉じ込めて表から鍵をかけたのだ!!

悪いことをした子供を物置に閉じ込めたり、押し入れに押し込めたりすることは昔ならよくあった話だ、しかし、場所はこともあろうにロッカーである!!

大きさで言えば、縦1メートル、横50センチ、一人暮らしの冷蔵庫ほどの大きさだ。中はほぼ真っ暗、わずかに鍵穴から光が差し込む。


現代ならば100パーセント間違いなく虐待である!　通報により直ちにパトカーが来園し、先生は連行され幼稚園は閉園に、アメリカならば、ゴツいマッチョなポリスが銃を構えながら人質を解放せよと迫るくらいのシチュエーションではないか。

しかし、当時はこうした類の行為は「おしおき」と称して日常茶飯事に行われていたのだ。お灸をすえるという言い回しがあるが、本当に背中や頭にお灸をすえられた時代なのだ。

僕は完敗した。三振である。

暗闇の恐怖に30分と耐えられず、ここに《絶対泣き止まない作戦》は見事に終焉を告げたのである。

ちなみに僕は今でも閉所恐怖症である。

スタートダッシュに失敗した僕は、その後8歳くらいまでは前方の集団に追いつけず孤独な小学生時代を送るが、様々な出来事をきっかけにして何とか社会に適応できる人間に変わっていくことになる。

そのきっかけについては、またいずれどこかで記してみたい。


教訓……泣き続けるのもほどほどに。

18 ちょっとだけフクロウになれた日

◆21歳の頃

フクロウの首はほぼ一回り回転する。視野の広さという点では動物界でもカメレオンと並んで金メダル候補の筆頭に挙げられるのではないだろうか。真後ろを見られるあのフォルムは一見に値する。

視野の狭さは僕の生きてきた中での弱点である。

猪突猛進と言えば聞こえはいいが、坊っちゃんよろしく、周りのことが見えずに行動するとたいていはロクなことにならない。僕の場合視野の狭さというよりも思い込みの強さと言い換えてもいいかもしれない。

買い物然り、いいなと思うとほかの品物が目に入らなくなる。比較検討、客観的精査、熟慮断行、というものがなされぬため、結果、後から「やっぱりあっちの方がよかったかも」などと良からぬ後悔ばかりしている。

恋愛然り、誰かを好きになると告白せずにはいられなくなる、「黒か白か」「好きか嫌いか」「はっきりしてくれ」などと迫られようものなら大抵の女性は及び腰になり、逃げだそうというものだ。全く持ってお洒落でない。

人間関係然り、好き嫌いがこれまたはっきりしている。好きな人とは非常にいい関係を保てるが、嫌いな人とは同じ場所にいるのも嫌になる。

どうやらその気持ちは自然に相手にも伝わるらしく、そういう人からは「オレもあんたのことが嫌い」オーラがビンビンに伝わってくる。

就職を控えた大学4年の夏、僕は単純かつ明快な悩みに陥っていた。それは「就職できなかったらどうしよう」というものであった。

教員志望であった僕は採用試験を受けていたため、ここでは「試験に落ちたらどうしよう」ということになる。

人生経験に1社だけ民間企業を受験してみた。会社名は「福武書店」、今をときめくベネッセコーポレーションだ。一次面接では、堂々と「教員志望なので御社は第二希望です」と言い放ち、当然落ちるものと思ったら一応通過、二次面接では2人同時面接だった。僕のとなりには某超有名大学の学生がおり、面接官は8：2という割合で隣の学生に話しかける。

結果は惨敗であった。ちなみにそれから16年後、転職した際にリベンジを試みるが返り討ちにあったことを記しておきたい。

教員試験を受け、結果が分かるまでの約2か月あまり、僕は悶々と苦しむことになる、それは僕の頭の中に「白か黒か」「合格か不合格か」という二者択一限定の選択肢が常にあったからにほかならない。

この選択肢は非常に精神衛生上良くない。なぜなら、黒なら、あるいは不合格なら人生おしまいといった評価を自分に下してしまうからである。苦しさの原因はこのことに尽きる。つまりは0か100という思考である。

悩んだ末に僕はとある行動に出た。それは50ccの原付スクーターで旅立つというものである。

（とにかく、気分転換にどっか行ってみっぺ）

（東京さいても、イライラするだけだっぺ）

（なんか旅さでれば、いいことあっぺ）

という崇高な思考に基づく行動であった。

東京を飛び出した僕は国道4号線をひたすら北に向けて走り出した。出発時間は夜の10時である。何となく絵的には「青春の1ページ」といったかっこよさも垣間見られるが実はこの「ツーリング」大変なものなのである。

まずは燃料、僕の愛車ジョグは2・5リットルしかガソリンが入らないため、あっという間にガソリンが切れる。警告灯が点く。

（ヤバイ、給油しなくちゃ）

となるが、当時は24時間営業のスタンドはほんのわずかである。見つけた時に給油しておく作戦を敢行しないと以下のような事態に簡単に遭遇する。

「プスプス……」

「ガス欠……」

「スタンド開いてない」

「朝まで野宿……」

学習能力に欠ける僕は「東京―福島」間往復の間に同じ失敗を二度繰り返した。

さらにはその交通状況である。

夜中の国道4号線はまさに長距離トラックの天国、トラック野郎万歳状態だ。僕のジョグのわずか50センチ右側を大型トラックが次々と追い越していく。あたかも、ハムスターの横をアフリカゾウやインドサイが走り抜けていくがごとく、いつ踏みつぶされてもおかしくない状況だ。隣をトラックが追い越すたびに、

(ひえーこわいよー)

(どうか、ハムスターをいじめないでください)

と祈りつつ北上を続けた、特に長いトンネルを走行中はその恐怖は倍加される。

(ひえーひえー、こわいよーこわいよー)となる。

昼間は灼熱の太陽が照りつける、季節は8月、真夏だ。半日走っていると両手は真っ赤に腫れ上がり、フルフェイスのヘルメットの中はサウナよろしく酸欠状態に陥る。そんな思いをしながら片道2日、福島に住む親戚の家に一泊させてもらい、あとはひたすらこのツーリングを続けた。

そんな「過酷」なドライブを続けること4日目、僕は真っ黒に日焼けした両腕を見ながら、本日四度目の給油を終えて、国道4号線を東京に向かって南下していた。夕暮れ時、身体は疲労困憊、何も考えずにただひたすらスロットルだけを回していたその時である。

頭の中に様々な「声」が「聞こえる」いや、幻聴ではなく、頭の中に浮かんだ言葉がまるで誰かに囁かれているかのように頭の中を駆け巡ったのだ！

僕は思わず覚醒した。

（0か100かじゃなくてもいいんじゃない？）
（白黒つけなくても世の中グレーもあるぞ）
（試験に落ちたら来年また受ければいいことじゃないか）
（ほかの仕事しながら教員を目指す手もあるぞ）

修行僧が悟りを開く瞬間とはこういう時なのではないか、そんなことを思わせるほどに次々と言葉が浮かんでは僕の気持ちをゆったりとほぐしていくのだ。

今でも思い出すだに不思議な体験である、思うに体が疲労困憊し、何も考えられない状態になった時、今まで陰に隠れていた自分の知らない思考回路にスイッチが入った、そんなことなのであろうか。

僕はなんだかうれしくなった。ギューギューに締め付けていたベルトを緩めるがごとく気持ちが楽になっていった。そして、

（そうか、世の中にはそうした考え方もあるんだ）

ということを初めて実感したのである。今まで前しか見ていなかったフクロウが首を曲げて後ろを振り返ると、そこには新しい森と新しい景色が見えたのである。

真っ黒になって東京に帰ってきた翌日、教員採用試験の通知が届いた。

結果は……「合格」でありました。

19 ミスチョイス

◆15歳の頃

人間には向き、不向きがある。血が苦手な人は医者にはならない方がいいし、人前で話すのが苦手な人は芸能界に進むと苦労するだろう。

適材適所という四字熟語もある。野球ならば足の速い人は外野で1番バッター、パワーヒッターは4番サードといったところだろうか。この法則に逆らうと成功の確率はぐっと低くなってしまう。

15歳になった僕は希望に燃えていた。華やかな高校生活を夢見て「勉強に、部活に、青春をかけるんだ！」と鼻息も盛んに新学期を迎えたのだ。

4月は新入生勧誘の季節である、数々の部活が新入生の獲得に躍起になって学校内を駆け回る。

新入生の中にも目立つやつが出てくる、特にスポーツ系の部ではスカウト活動が顕著である、がたいのデカイやつ、背の高いやつ、足の速いやつ、などは複数の運動部から甘い言葉で誘われている。

「君ならうちの部に来ればきっとスターになれる！」

「君は次世代のホープだ‼」

ちなみにとても地味だった僕はどこからのお誘いもなく、春のうららかな日差しの中、校内をのんびりと散策するのみであった。

僕は中学校でやっていた卓球部に仮入部をするべく部室を探していた。ふと見ると校門の近くにある池の周りに、卓球のユニフォームを着た軍団が目に入った。彼らは池の周りを囲むようにとりまき、全員が池に向かって足を上げている。どうやら、腹筋トレーニングの最中らしい。

ごく当たり前の光景だったのだが、僕は何となく違和感を覚えた。池を取り囲み足を上げている姿が妙にまぬけに映ったのだ。（卓球部の先輩ゴメンナサイ）

（なんかかっこ悪いな）

（入部したらあの輪の中に入るんだよな）

（やっぱ、やめて別な部にしよう）

（もっとかっこよくてモテそうな部がいいよな）

少年は心に秘めていた決意をあっけなく翻し、邪な気持ちのまま、また校内をさまようのであった。

この時の少年の頭の中には「適材適所」「分相応」というワードは全くなく、「何となくかっこがいい」という計測基準としては極めてあいまいなワードで支配されていた。

得てしてこうした選択は凶と出ることが多い。

(さてどの部に入ろうかな)

その時、僕の頭の中に前夜に見たテレビの映像がよみがえった。それは当時抜群の人気を誇っていた男子バレーのワールドカップの試合の映像だった。

男子バレーが強かった時代で、そこで活躍する選手たちはアイドルのようにマスコミをにぎわせていたのである。中でも一番人気は当時日本鋼管に所属していた「花輪晴彦」選手(分かる人は同世代です)で彼がサーブを打つたび、スパイクを決めるたび、場内は黄色い声援で埋め尽くされるのであった。

(うむうむ、あの黄色い声援は悪くないな)

(よし、バレー部に入ろう)

世の中これほど単純な人間もそうはいない。そして、少年はバレー部の部室を訪れ、入部を申し出ることになる。この瞬間に少年の頭の中には花輪選手よろしく、颯爽とスパイクを決めてコートの中を走り回り、黄色い声援を一身に浴びる自分の姿が華麗に繰り広げられていたのであった。

しかし、彼には決定的に欠けていた能力があった。それは「客観的に自分を見る」という能力である。思えばバレーボールというスポーツは高ーい高ーいネットの上で、これまた背の高ーい高ーい選手たちが、またまた高ーい高ーい運動能力を持って雌雄を決するという崇高な競技なのである。

花輪選手は身長196センチ、一方の僕は身長165センチ、バレーボール初心者かつ体育の成績は「3」この時点で少年は選択のミスに気付くべきだったのである。

背が低くても活躍できる競技はある。野球では小柄なリードオフマンが活躍しているし、ラグビーでもフィールドを駆け抜けるスター選手は小柄なバックスだったりする。長身が絶対に有利なバスケットボールでさえ、相手のディフェンスを縫うようにボールを運ぶガードはむしろチームの花形だ。

しかし、バレーボールだけは別といっても過言ではない。もちろん、小柄なセッターが世界を相手にボールを自由自在に操るなんてことはないでもない。しかし、あのネットというモンスターがある限り長身の選手が圧倒的に有利なスポーツだと認めざるを得ない。当時はレシーブ専門の選手リベロも存在していなかった。

選りに選って（この言葉よく見るとすごいです、選びに選び抜いた挙げ句という意味なのだ！）少年はもっとも自分に適していない競技を選択してしまったのである。

入部した初日に僕は悟った。同じ学年のチームメイトは八人、すべて僕よりも背が高くそのうち五人は中学校での経験者である。先輩を見渡してみると、3年生には193センチもあるセンタープレーヤーがいたりして、僕と並ぶとまるで大人と子供だ。

（うーん、ちょっと選択を間違えたかもしれん……）

僕は心の中でちょっぴりの不安とかすかな希望を携え高校の部活生活をスタートさせた。

練習は、思えば卓球部の腹筋以上に「けったいな」ものがたくさんあった。中学で未経験の僕が一番きつかったのが「1000回パス」という練習である。これはパートナーと共にオーバーパスを1000回連続で行うという、単純かつ非常に残酷な練習で、落とせば一からやり直しという精神的負荷の極めて高い練習メニューであった。

当時は校庭での練習も当たり前の時代であり、初心者の僕はもちろん、風が吹くたびに校庭のどこかからか仲間たちの悲痛な叫びが聞こえてきた。

「きゅうひゃくきゅうじゅういーち」
「きゅうひゃくきゅうじゅうにー」
「ああーーーー！！！」

崩れ落ちる二つの背中……。
せつない吐息とため息……。

といった悲劇も時折繰り広げられた。自分がミスした時のいたたまれなさと情けなさ、パートナーへの申し訳なさと後ろめたさ、あの気持ちは今でも心に疼く。

腕力のなかった僕にはコーチからサンドボールというものが手渡された。これはバレーボールの中に砂が詰め込まれていて、５キロはあろうかという重さのいわば大リーグボール養成ギブス的なトレーニンググッズで、これをもらった時は、

（俺は、星飛雄馬か）と内心思った。

こいつを昼間はもちろん、寝るときも頭の上で常に放り上げることで、手首や腕の力をつけていくのである。僕は日々、このボールとともに過ごした。

背の低い選手にとって一番ハードルの高いプレーはブロックである。ネットは２３８センチの高さがあり、最初とんだときは指の第一関節がわずかにネットの上から出ただけである。指の第一関節だけでブロックを決めるのは至難の業である。そこで、ジャンプ力をつければよいという結論になる。僕は通販で怪しげなトレーニンググッズを見つける、それは「パワーアンクル！」足首に鉄の入ったおもりを巻き付け、こいつをつけたままジャンプを繰り返し筋力をつけていくのである。こいつはサンドボール以上に「養成ギブス」的要素が強く、足を引きずるように歩く自分を振り返っては、

（腹筋よりまぬけかも……）と一人感慨にふけるのであった。

星飛雄馬のなりそこないのような僕はさらに究極の練習を付け加えた。
それは……「背を伸ばす」というものであった。

1 友人のM君から「背が伸びる本」というものを借り、背が伸びる体操なるものを人知れず朝晩行う。
2 牛乳を1日2リットル飲む。
3 神様がある日枕元に現れて「望みをかなえてあげよう」と言われた時に備えて、「身長を30センチ伸ばしてください！」とすぐに言えるように心の準備をしておく。

以上のことを1年ほど続けたが……、
結果は……1センチも伸びなかったことを記しておきたい。
さて、そうした日々の涙ぐましい努力にもかかわらず、僕の高校3年間の部活生活は予想に違わず惨憺たるものであった。
公式戦出場　1試合……以上
練習試合には時々出してもらったが、そこは未経験の高校デビュー選手の悲しい性で、コートに立った途端に緊張しまくり、ミスを重ねてはコートを出され、その度に叱られてはひたすら二軍、三軍生活を送ることになる。

「ピンチサーバー」として試合に出させてもらうと、緊張感から必ずといっていいほどサーブをミスしてはベンチに帰ってきた。

ある時、監督から言われた言葉にこんな名言がある。

「お前はピンチを招くサーバーだ」

なかなか上手いことを言うものである。

ある時は、鬼コーチから、

「お前は刺身のツマだ」

という屈辱的なお言葉をいただき、悔し涙に暮れた日もあり。

しかし練習だけは1日も休むことなく足早に高校でのバレー生活は過ぎ去っていったのである。

3年生の6月、夏の全国大会の予選に敗退し、他の仲間たちが夏のインターハイの予選まで部を続けるという中で、僕は一足早く引退を告げて、大学受験へとシフトチェンジをした。

練習試合での話だが一度だけピンチサーバーに出してもらった試合でサービスエースを決めたことがあった。この時はチームメートのみんなはおろか、マネージャーや後輩までみんなで喜び歓喜してくれた。仲間というのは本当にいいものだ。

引退のあいさつがかすかに記憶に残っている。

「みんなより一足先に引退する。かっこいい選手じゃなかったけど仲間とマネージャーそして後輩にお礼が言いたい」

そんなことを話した気がする。

練習を休まなかったことと、つらいながらも途中で辞めずに最後までやり通せたことが小さな自信と満足感を僕に与えてくれた。

さて、そんなさえない3年間を送った僕だが、人生というのは不思議なもので、この後大学では1年間だけだったものの、就職して中学校で16年、転職してママさんバレーと小学生のジュニアバレーで合計25年以上も監督やコーチとしてバレーに携わっていくことになるのである。

あれだけダメだった僕がこれほどまでに長くバレーを続けていくから人生は不思議なものだと思う。確かに現役中にはいい思い出はほとんどないのだが、ダメ選手はダメ選手なりにそこで何かしらのものを得たことには間違いないようだ。

あれから半世紀近くが過ぎた、今でも時々思う。

「あの時、もしも、違う部活を選択していたら……と」

もしかすると卓球部でレギュラーを獲り、国体くらい出場できていたのかもしれないと。

しかし、「もしも」が「もしも」でしかないのが人生である。

同年代の諸氏たちよ！　僕らにできることは過去を振り返ることではない、これから先の未来を悔いなきよう突き進むことなのだ！

20　地下鉄（メトロ）に乗って

◆10歳の頃

男の子はなぜか鉄道が好きである。最近では鉄女なる乙女たちも見られるが、例えば女子校の文化祭の鉄道研究会が人でごったがえすという光景は見たことも聞いたこともない。一方、男子校の鉄研はいつでも黒山の人だかり、文科系の展示では鉄道のジオラマは今もって№1の人気を誇るとはよく聞く話だ。

僕も例にもれず少年時から「鉄っちゃん」であった。昨今では鉄っちゃんも細分化され様々な分野に分かれているようで、このあたりもどの「鉄」にハマるのかが人によって違うところも興味深い。ちなみに以下僕の例。

興味　×

●メカニック　車両系　撮り鉄系

新型の新幹線完全解剖などという記事にはあまり食指が動かない。特に動力系はさっぱりだ。「〇〇年度JR全車両年鑑」といった類の雑誌も買ったことがない。前にテレビで車両の下の部分を恍惚の眼差しで写真に収めている人たちのルポを見たが、世の中にはそちらが大好きな方もいる。

同じように撮り鉄系もあまり興味がない、こちらは、自分に写真の技術とお金がないためやりたくてもできないというのが本当かも知れない。

自分でやらないだけでプロの撮った抒情溢れる鉄道風景などを見るのは大好きである、時にPCのデスクトップなども飾ってくれている。

興味　△

●収集系

切符、駅のグッズから駅弁の包装紙に至るまで収集系のマニアは多い、僕も少年の頃、駅に行っては落ちている切符を拾っては帰ってきた。アルミの空き箱は切符でいっぱいになる、難点は子供なので行動範囲が限られていたため、まるでマニアックな収集にはならない、同じ区間の切符ばかりが何十枚もあるというおよそ収集とはいえないものであった。

鉄道記念日のグッズオークションなどは一般の方々から見ると何の価値もないであろう鉄道グッズが高値で落札されている。家族の理解とお金がないとなかなか続けられるものでもなく、こちらもその手のプロの皆様にお任せしよう。

興味　◯

●乗り鉄　駅探訪系

全国の鉄道を乗りつぶしたり、「駅寝」をしながら旅をするというのがこれにあたる。全国の駅にすべて下車するという横見浩彦氏のような神もおられ、鉄道はやはり乗ることが楽しい、大好きである。

特にローカル色豊かな地方をクロスシートの窓側にお茶を置き、駅弁を食べつつ車窓を眺めるなどは最高のひと時である。

駅もまた非常に興味深い、都会には都会の駅の良さ、地方には地方の風情が旅情を誘う、最近流行った「秘境駅」シリーズは「どストライク」であった。ローカル線の誰も降車しないであろううら寂しい駅はなぜにあんなに愛しいのだろう。

興味　◎

●路線系　ダイヤ系

こいつが僕の大好物である。上寿司よりも、ステーキよりも、高級懐石料理よりもこちらの方が僕の食欲を刺激してくれる。新線建設を中心とした路線計画や混雑解消を目標とした私鉄の複々線化といった未来形はもちろん、様々な事情による駅の移設やトンネル開通による路線自体の変遷といった過去形のものまで全てが愛おしい。

この嗜好は小学生の時からあったようで、当時僕の住んでいたのは東京都の城北地区、小学生の僕は地図を広げては新しい「路線」を地図の上に「計画」していった。地図の上でやるのだから弊害は一切ない、用地買収の心配も地盤調査の必要もなく、地下鉄もモノレールも走らせ放題だ。今もって僕の頭の中には本物の鉄道路線図とは別の路線が縦横無尽に張り巡らされている。

ちなみに中心となるターミナル駅は「東方平」といい5本の鉄道路線の拠点だ、さらには近所に自分独自の駅を想定して、自転車を「自電車」と称して休日に運行していた、行きは各駅、帰りは快速と止まる駅を変えてまでいたのだ、こうなるともはや妄想に近い。

ダイヤにも興味が尽きない、地方の方には信じられないことかもしれないが、現在の東京では朝のラッシュピーク時にはJR、私鉄の多くが1時間に30本前後の列車を走らせている、実に2分に1本の計算だ。それでも溢れる乗客をさばききれずに様々なアイデアを基にダイヤが作成され、改正されていく、ここには鉄道人たちの知恵が凝縮されているのだ。

毎日通勤している路線でも、工夫に工夫を重ねたダイヤであるはずなのに、妙に接続が悪い時間帯が存在したりする、こいつを解消するためのダイヤグラムを考えたりすることもまた楽しいひと時だ。

さて本題に入る。

小学校4年生の時、同じ鉄っちゃんの渡辺君と計画を立てて冒険に出ることにした。目的は地下鉄の乗りつぶしである。時は昭和40年代後半、東京は営団、都営が複雑な地下鉄網を作り上げている最中であった。

僕らは地図を前に一筆書きができるような乗車計画を綿密に立てた。そしていざ出発とあいなったのだ。

「なんかいいよね」と僕。

「うん、なんかいいね」と渡辺君。

僕らは地下鉄の運転席の後ろにかぶりつきになっては、暗いトンネルのはるか前方からにじんでくる駅の灯りや、暗闇の中に突然現れる渡り線の振動に心までも揺らし心ゆくまでこの「メトロランデブー」を味わった。

最も僕の興味を引いたのが、銀座線、丸ノ内線といった戦前や戦後すぐに造られた古い路線であった。銀座線ではあの有名な駅直前の一瞬停電を体験。

「おい、電気が消えたぞ、何があったんだ」

「うん、毎回駅に着く前に消える」

さらには一部の駅の古さに一種衝撃を受けたことも忘れられない。今回のタイトルはもちろん浅田次郎氏の小説のもじりである、映画化もされてじっくりと見た。地下鉄に乗ると自分の父親の生きていた時代にタイムスリップする、駅に降り立つとそこには戦後の光景が展開される。

僕らも人気の少ない駅に降り立ってみた、壁はシミで汚れ、構内も薄暗い、レトロな広告が掲示板に紙で貼られ、破れかけたポスターが映画の宣伝をしている。トイレに至っては蛍光灯ではなく、裸電球にハエ取り紙が下がっている。

そんな不気味なくらいの駅構内を探索していた僕らはある見慣れぬものを見つけた。

「おい、あれなんだ?」

「うん、なんだろう」

それは地下鉄のホームの一番端にあった。三角屋根の小さな家のような風貌である。僕らはそっと近づきその正体を探った。

「防火用水」……。

それは防火用水であった、三角屋根の屋根の部分には風呂桶のようなものがいくつも逆さに重ねられている、そして、家の部屋の部分はよく見ると巨大な桶で、そこには満々と水がたたえられていたのである。まさになにものでもない「防火用水」であった。

昭和40年代後半の東京はもう立派な高度成長を遂げた都会である、公害が社会問題となり、街はコンクリートジャングルと呼ばれビルが林立していた。

そこに突然現れた「防火用水」はショックを受けるほどの違和感があった。まるで、江戸時代に紛れ込んだかのような錯覚を覚えた、江戸時代が大げさならば、戦時中に空襲があった際、この桶から人々がバケツリレーよろしく桶で消火活動にあたるそんな映画の一場面を思い起こさせた。

思えばこの時代は古いものと新しいものが丁度、世代交代していく時代だったように思う。そして、今ではもう過去のものとなってしまった様々な物が残されていた最後の時代だったように思う。ハエ取り紙も裸電球も今ではもうない、駅に傷痍軍人が立って楽器を演奏している姿を見たのも僕らの世代が最後だろう。そして、僕らの小学生時代にはまだかろうじて「江戸時代」の生まれの人が生きていたのである。

当時それを聞いて不思議な感覚を持ったことを覚えている、時代劇に出てくる江戸生まれの人が生きていることが現実として受け止められなかったのだ。防火用水はそうした最後の生き残りの象徴だった気がした。

こうして、防火用水という僕らにとってはエキセントリックな出会いを残して、僕たちの「メトロランデブー」は３時間余りで終了した。

「楽しかったな」

「うん、また行こうよ」

僕たちは満足感に包まれて、最後は日頃から乗り慣れた、防火用水も裸電球も無い近代的な地下鉄に乗って笑顔で家路についた。

21　必殺！「学級委員選出法」

◆30歳の頃

一般の人にとっては何の役にも立たない話で恐縮です。しかし、ごく一部の方にとっては決して無駄にはならないと信じて書き記す次第です。

38歳まで学校の先生をしていた。中学校の若手の先生にとってけっこう頭を悩める仕事の一つにクラスの委員や係の選出というものがある。

委員や係というのは生徒にとってはかなり重要なポジションを占める。これは誰もが経験することであろう。様々な思いがそれぞれの生徒たちの胸中を行き交う。

○オレ体育大好き、体育委員が生きがいだぜ。
○わたし、人の世話をするのが向いているみたい、保健委員やってみたいな。

などの正統派。

●一番楽な仕事は何かな……掲示係がひまそうだな。
●3年の二学期ですものね、生活委員をやって内申に書いてもらわなくちゃ。

といった打算派。

◎ねぇ、絶対に同じ係をやろうね、国語係なんていいんじゃない。
◎俺はあの娘と同じ委員会に入る、そして……あわよくば、二人で一緒に帰ってウッシッシ……。

といった人間関係重視派。

などそこには生徒たちの夢や希望や打算が渦巻いている。大人ならば、妥協と譲り合い、時には根回しと貸し借りなどでうまく落ち着くのだがそこは中学生、時にはエゴむき出しの醜い争いが起こったりもする。こいつに経験の浅い先生は手を焼いてしまう。

僕も慣れない新人の頃はずいぶん苦労した。どうしても決まらない不人気な仕事や、逆に競争率5倍などという人気職、40人もの生徒たちの希望を上手にまとめるのは至難の業であった。加えて「今週の金曜日の委員会までに決めるように」などとキツイ締め切りが必ずついてくるのだ。

さて、そんな中で最も大切な人事は何と言っても学級委員である。担任が総理大臣だとすると組閣の上で一番慎重に選出されなくてはならない。

内閣の人事ならば官房長官である、人選によっては内閣が倒れることなど簡単である、教育界ではこれを学級崩壊と呼ぶ。

新人の頃には、僕も最初はごくオーソドックスな選び方をしていた。

しかし、どの方法にも一長一短があるのだ。

①立候補

メリットとしては何と言っても当人のやる気がある。上手くいけばこれほど頼りになる官房長官はいないだろう。まさに担任の片腕となって粉骨砕身働いてくれる。

しかし実はこの選出法、常に大きな危険が付きまとうのだ。おちゃらけた奴が目立ちたくて手を挙げることや、自分の力を客観的に判断できずに自己啓発の意気込みで思わず名乗りを上げる者、さらには最悪のパターンとして、ジャイアンのごとき為政者を目指すヤツが、クラスや学校の支配までも視野に入れて立候補してくることなどがいわゆる昔の「荒れた」学校ではよく見られた。

立候補した生徒を担任が無下に却下することもできず、若い先生は時々失敗することになる。その後の閣内運営は苦労の山だ。

さらに、ここは政界と大きく違うところだが、誰も立候補者が現れないという事態が結構な確率で起こる。立候補ゆえに無理やり手を挙げさせることはできず、沈黙に包まれたいや～な時間と「明日までに決めなくちゃならないのに時間がないよー」という焦りの中で担任は苦しむことになるのだ。

②推薦

これまた一般的な選出方法だ。メリットとしては立候補の最後に記した沈黙の時間が避けられる点にある。デメリットとしてはいわゆる「押し付け」が生まれることだ。誰かを推薦することで自分が役から逃げるという策略を立てる者がいる。自分以外の誰かがやってくれるだろうという依存や、当然の帰結として、やりたくないのに推薦された場合には全くやる気のない官房長官の誕生も現実に起こりがちだ。

③投票

一見、公平性がある。選ばれた生徒もみんなが名前を書いてくれたのだからという喜びや、やる気につながるというメリットもある。

しかし、これも慎重に行わないととんでもないことが起きる。一つは、いわゆる「人気投票」になりがちなことである。クラス一のイケメン君が実力抜きに選ばれる可能性は否定できない。

次に派閥の力学である。以心伝心の根回しと共に組織票が当選を決めることが往々にして起こるのだ。最悪のケースとしては、クラスのいじめられっ子をターゲットに悪意の組織票が投ぜられ、選ばれて困惑する姿を見て喜ぶなどは崩壊したクラスの末期的な現象として一度だけ見たことがあった。

僕の教師生活は16年間続いたのだが、この学級委員選出問題を自分なりに研究し、編み出した最善の方法を紹介してみたい。ここからは（あ、いつもですよ）真面目な内容です。もちろんあくまでも自分的に一番上手くいった方法ということなので誤解なきよう。

悩める若き先生に捧ぐ　**必殺！「学級委員選出法」**

（1）初めに選出の大切さを説く。

ベテランの先生に出来て、若い先生に出来ないことの一つ。若い先生はこの前ふりなしに、何となく選出に入ってしまうのだ。生徒は人間だ、担任が真面目に語りかければ多くの生徒は必ず受け止めてくれる。そして、選出方法をしっかりと説明する、生徒に選ばせてはダメだ。この際、選出はクラス一人一人全員の「責任」ということを強調する。

（2）白票を配り、男子は女子、女子は男子、信頼できる異性の生徒を三名ずつ書かせる。

異性を推薦させることで先に挙げた悪意の組織票が比較的防げる、更には僕の感覚だが、人気投票に近い推薦をすると、その相手に票が集まらなかったとき、「自分は人を見る目がないのではないか」という無形の恐怖に駆られ、いわゆる正統派の名前を書く意識が強く働くようだ。結果として無責任な推薦が少なくなる（気がした）。

この時、推薦の理由も書かせる、いい加減なヤツを褒めるのは意外と難しく、ここでも無責任な投票行動を防ぐことになる。

もう一つのポイントとしては無記名で書かせることだ。無記名は一見無責任な投票になると思われがちだが、僕の感覚では実は違う、生徒は後から自分が誰の名前を書いたのかを周りの友達に知られるのを嫌がることが多かった。

記名があると派閥のボスに尋ねられた時に、あとでそれがばれて何かしらの被害をこうむるのではと考え、ボスを意識した投票行動に陥る気がしていた。無記名投票はこのつまらない縛りを解いてやるのに役立つのだ。

（3）投票結果を全員の前で発表し、男女三名ずつの「学級委員候補」を発表する。

選ばれた三人には、

「この投票の経緯は君たちも見てきたはずだ、無責任な投票はない、君たちはクラスの異性から信頼されているのだ」

この言葉で候補者は安心感を持つ、異性からの推薦はプライドもくすぐるようだ。また、自分たちの誰かがやらねばならぬという覚悟というか責任感が生まれる。教師の方便にも聞こえるが信頼された生徒であることは真実である。

残りの生徒たちには、

「君たちが責任をもって選んだ人たちだ、しっかりした推薦をありがとう。同時に誰が学級委員になっても選んだ責任として協力することを約束してほしい、挙手をもって確認させてくれ」

ここまで言って約束できないと手を挙げない者はよっぽどの変わり者かよっぽどのジャイアンだけだ。自分の経験上、ほぼ全員が手を挙げてくれた。１００パーセント全員でなくてもいいのだ、ほぼ全員が約束すれば、候補者は安心して立候補ができる。

(4) 男女それぞれを廊下に出し、立候補を待つ。

最後は立候補、ここがポイントである。ここまでは選ばれた生徒本人の意思が全く入っていない。

最後には自主性、積極性がほしい。ここまで立候補しやすい環境を作ってあげて、それでも手を挙げられないのでは現実的にクラスをまとめるのは無理である。仲間の信頼はあっても学級委員として必要な資質に欠けると判断できる。

事前の候補を三人にしておくこともポイントだ。一人だけの選出だとその子に自主性が芽生えなかったり、性格が極端に弱気だったりするとそこで行き詰まってしまう。だからこその三人なのだ、ここで自ら手を挙げた子こそが学級委員に最もふさわしい。たとえその子が投票では3位であったとしてもだ。

六人を廊下に出して立候補を待つことも手を挙げやすくするお膳立てになる。クラス全員の前での名乗り上げは勇気も要る、中学生はとてもナイーブなのだ。そしてここでは粘り強く待つ。少し時間はかかっても男女どちらかが手を挙げれば、もう片方はほどなく決まる。そして、残りの二人ずつには学級委員の相談役を頼み、必ず班長を務めさせる。学級委員を決める事だけが目的ではない、大切なのはその後の安定した学級運営である。

僕はこの方法を新卒7年目に「発明」（今までもきっとあったんでしょうけど、自分の中ではという事でご容赦を……）し、その後の10年間は学級委員の選出に困ったことも失敗したこともなかった。

ちなみに僕のいた学校の委員会は前期、後期の二期制だったことも幸いだった。年間3回だと緊張感や新鮮味の欠如と人材の枯渇という問題が起きてくるかもしれない。

以上が僕の必殺「学級委員選出法」である。

全国の悩める若き先生方、一度お試し下されば幸いです。あとはその時のクラスの様子を見て、臨機応変アレンジを試みてもらいたい。

もし、上手くいかなかったら……その時はゴメンナサイ。

22　旅で出会ったフランス人形

◆21歳の頃

一人旅は楽しい、学生の頃はよく一人で旅に出た。だれにも気兼ねせず自分のペースで好きなところをぶらぶらと歩くことができるのが一人旅の特権であろう。

大学4年の秋に一人旅に出かけた。教員採用試験にかろうじて引っかかったのだが、この採用試験という奴は合格イコール就職とはいかないのである。合格すると採用名簿というものに登録され、そこから各自治体の教育委員会のお偉方が、

「こいつはなかなか優秀だ、ぜひうちに来てもらおう」

「おお、これはかの有名大学の学生ではないか、チェッーク！」

といった具合にスカウト活動に入る、A合格という優秀な方々は12月にも採用が決定する。僕のように優秀でない方々はB合格といって、3月に退職者などの人事動向を見て、空きが出れば「採用してやっぺ」というやっぺ状態のまま数か月を待つ身で過ごすことになるのだ。

じたばたしてもどうにもならないので一人旅に出ることにした。行き先は瀬戸内である。最初はスクーターで行くことを画策したが、３日ほど熟慮を重ねた結果「疲れるから無理」という結論に達し、汽車旅に決定する。

当時から有名であった大垣行きの夜行列車と関西では快速電車を乗り継ぎ、特急料金を一切払わない節約旅行と決める、泊りは一泊１８００円のユースである。

2日ほど尾道を散策、個人的に大好きな町である、続いて笠岡港からフェリーに乗り真鍋島という島に渡る。この島には三虎というユースホステルがあり、老夫婦らしき人がペアレント（管理者）を務めていた。シーズンオフの11月の平日だったせいか泊り客は僕一人で、夕飯はおじさんの家族と一緒にこたつに入りながらてんぷらをごちそうになる。この辺りのアットホームな感じもとてもよろしい。

ちなみにこの真鍋島は電照菊の栽培が盛んであり、夜中に煌々と電気で菊を照らし、

「いいか、菊たち、今は本当は夜だけど、明るいから昼なのだ、何と言おうと昼なのだ、分かったな」

という具合に光と熱で菊をだまくらかして開花をコントロールするというのが電照菊栽培で、こうする事で一年中出荷が可能なのだと聞いた。

島にはわずかな農家と漁業を営む民家、夜になれば灯りなどない。真っ暗な海と真っ暗な空の中、電照菊の栽培農園だけが闇夜にまるでシャンデリアのごとく光輝いている光景は幻想的で今でも目に焼き付いている。

そんな真鍋島を後にし、再び尾道へ、僕はここで一生忘れられない出会いをするのだか、ここではひとまず割愛する。僕にとって一生の中で最も神秘的で印象深い出会いだったため、わずかな紙面で語るには短すぎるからである、このエッセイを最後まで読んで下さる方々が幸いにもいてくださったらのちに記したいと思う。

その後、鷲羽山ユースホステルというところで、僕は同じ一人旅の若者K君と知り合いになる、意気投合し、明日は一緒に行動しようという事になった。しかもK君なんと車で来ていたのだ、僕は心の中で、

「なんてラッキー、チョチョイのチョイ」と、仲間と移動手段を同時に手に入れたことに心も軽い僕であった。心が軽いと行動にも勢いが出る。

ユースの食堂にとてもきれいな外国人の女性ホステラーを発見、僕はK君に持ちかける。

「声かけてみないか」

K君も乗り気だ。

「いいよ、英語できるか?」

「何とかなるんじゃない」

ちなみに僕の英語の実力は英検3級である。中学生と変わらない。

「よし、じゃんけんで負けた方がいくぞ」

「おお」

「じゃんけんポン!!」

予想通り負けた僕は意を決して彼女ににこやかな笑みをたたえつつ近づいた。

「ハロー　ウェア　アーユーフロム?」

非常に高度な英語なので通訳すると、

「こんにちは、どこから来たんですか」となる。

彼女も笑みをたたえながら言葉を返してくれた。

「☆И§■Д◎」

「???」

「なんか変だぞ、英語じゃない」

彼女はブロンドの長い髪に青い瞳、まるでフランス人形だ。

そう、彼女はフランス人だったのである!

僕はK君の方を振り向くと、

「やばい、フランス語だ、分かる?」

「分かるわけないだろ」とK君。

パニックになる二人をよそに彼女は身ぶり手振りとともに画用紙を出してきてたどたどしいひらがなで名前を書いてみせた。

「ふらんしす　もーてぃま」

「オー、フランシス!」

僕らは何だかわけが分からぬままに大げさに喜ぶと握手を求めた。

こうして僕らは友達になった。


カタコトの日本語と筆談も交えて話をしてみると、彼女も学生で友達と一緒に来日し、この日は単独行動という事である。明日どこへ行きたいかと聞くと「広島」という答えが返ってきた。そこで翌日はK君の車で広島に行くことになった。

翌日広島に着く、彼女はとてもまじめな学生で平和記念資料館の見学を望んだ。僕らももちろんOKし、三人で資料館をじっくりと見て回った。

資料館の資料はもちろん非常に生々しく、悲惨なものの多い。この世の地獄といえる様々な写真や絵が真実をいやがうえにも突き付けてくる。

その時、事件が起きた。見学していたフランシスが突然前のめりになって床に倒れたのだ！とっさに支えようとしたが、割と大柄だった彼女を受け止める間もなく、フランシスは顔から床に落ちた。

予備知識のある日本人でさえ目を背けたくなる写真を見て、フランス人の彼女が貧血を起こしたのも無理からぬことであった。

「大変だ！」

K君が叫び、係員の人が救急車を呼ぶ、僕ら二人も救急車に乗り込む。

救急車は貧血を起こして意識を失った彼女を市内の救急病院へと運んだ。

病院で手当てを受けた後フランシスが診察室から出てきたのは30分ほどしてからであった。幸い、大きな怪我はなかったが、それでも顔面から床に落ちたため、顔には青あざができ、そして、前歯が半分欠けてなくなっていた。

「フランシス、だいじょうぶ？」

「ありがとう　ダイジョウブです」

そのあと鏡を取り出して自分の顔とかけた歯を見て彼女はニコッと笑って見せてくれた。

その日は結局K君の車で、フランシスを広島のホテルまで送り、そこで住所交換をして別れた。

話はこれまでである、特にロマンスに発展することもなく、僕はフランシスともK君ともこの日限りで別れて一人旅に戻った。その後25年、それから再会することもない。でも、僕はフランシスが倒れた時の衝撃と、欠けた前歯で見せてくれた笑顔が忘れられない。

一月後、帰国した彼女から手紙が届いた、手紙にはたどたどしい日本語がひらがなであの日のお礼がていねいに書かれてあった。そして、「フランシス・モーティマ」という和紙で作られた名刺が同封されていた。僕は名刺を頭上に掲げて高らかに叫んだ。

「おお！　フランシース！」

もう、ずっとずっと昔の、ちょっぴりせつない一人旅での思い出である。

23　大人の階段

◆12歳の頃

先日読んだ本に激しく同意したのでちょっと紹介してみたい。

人間は不思議な動物であるというお話である。

その不思議の最たるものの一つに「冒険」という行動があるというのだ。「冒険」において人間は自らをわざわざ命の危険に晒し、その危険に挑んでいく。そして、時には本当に命を落としてしまうことさえも少なくない。

これは他の動物では考えられないという。確かにカエルが自分からヘビの目の前に身を置きに行くなどあり得ないことではないか。どんな動物も種の保存と自己防衛が生きる基本なのだ。

それなのに人間だけがわざわざ好き好んで危険を覚悟で高い山に登っていく、急な川を下っていく、灼熱の砂漠を横断する、極寒の雪原をそりで走る、はたまた、海中深く潜り失神寸前で浮かび上がってくる、なるほど動物としての自衛本能からすると全く持って逸脱した行動をとっているのだ。

しかし、そこが人間が生物界の頂点にいる所以でもある、という内容だ、とても興味深かった。

さて、冒険ほど大げさでなくても、人間は「だめ」とか「危ないよ」とか言われると無性にそれをやってみたくなる、あれはなんなのだろう。

僕の友人は小さい頃に家庭の教育方針として一切のジャンクフードを禁止されていた。ポテトチップスやチョコレート、お菓子屋に並ぶものは家庭では一切食べさせてもらえなかったという。こうした制約を受けると人間はどうなるか、答えは簡単である。反動となって現れるのだ。

彼は小学校の高学年になるとこづかいでポテチを山のように買い、親のいないところでむさぼり食っていたのだ。このくらいの年頃になれば親も子供を24時間自分の監視下に置いてしばりつけておくことはできない、というわけで、友人の行動はしごく当然のものと言えよう。

ちなみに僕の場合で言うと、父親が大の野球嫌いであったため、小学生時代、ただの一度もテレビでプロ野球を見ることができなかった。時代は昭和40年代、プロ野球は巨人がＶ９の偉業を達成した、長嶋、王の全盛期である。この時代にこのスーパースターの雄姿を一度も見ていない小学生というのも珍しいかもしれない。

というわけでその後の僕はこうした制約の反動でプロ野球に人一倍の興味関心を持つようになる。そして中学入学以来現在に至るまで熱狂的なプロ野球ファンとなった。

記念すべきプロ野球開眼は昭和49年、この年日本一を手にしたロッテオリオンズと共に以後50年近くの人生の苦楽を共にすることになった（ほぼ9割が苦でした）もし、父親が野球ファンだったならばおそらく間違いなく巨人ファンになっていただろうと思うと、これまた人生興味深いものである。


この人間の心理を利用すれば、子供に勉強させるのなど簡単な気がする。

もの心つく頃から「一切勉強してはいけないよ」と言い続け、ある日テーブルの上に参考書と問題集をさりげなく置き、これまた「絶対に中を見てはいけないよ」「絶対に解いてはいけないよ」と言い残し買い物にでも出かければよい。

子供は100パーセント参考書を覗き見るに違いない。そして、気が付くと問題集をむさぼるように解いているのだ。

さて、本題に入ろう。

小学校6年生の時に生まれて初めてラジオを手にした。手のひらに収まるぐらいの大きさのトランジスタラジオである。当時の僕の就寝時間は夜の9時、それよりも遅いテレビはどんなに見たくても見ることができない。僕にとって「夜更かし」は禁断の果実であった。

当時の僕は夜遅くまで起きてテレビを見たいという強い願望に強く支配されていたのである、1年でそれが許されたのは大みそかの夜ただ1日だけであった。

そんな僕が秘かに見つけた楽しみがラジオだった。9時になり消灯命令が下りる、その命令と共に僕は寝室の2段ベッドに上がるのがしきたりだった。そして、ここからが「冒険」の始まりだ。

僕は部屋の電気を消し、寝た風を装いながら2段ベッドの上段の片隅で布団にくるまり、布団の中に小型の懐中電灯を持ち込みながら、その明かりを頼りにチューニングを行う。

小型ラジオの受信性能は決して高くなく、わずかダイヤル1ミリの差で放送の音は雑音にかき消された。布団の中に潜りながら、細心の注意を払ってチューニングをしてはイヤホンでラジオから流れてくる大人の世界を秘かに楽しむことを覚えたのだ。

初めて聴いた放送は確かニッポン放送「危機一髪」シリーズだったと記憶している。その裏では若き日のみのもんた氏が「ワイド№1」という番組を担当していた。テーマミュージックは「Ｃｏｍｅ　Ｔｏｇｅｔｈｅｒ」だった。

中学生になり、初めて深夜放送を聴いた。友人のＭ君に勧められてオールナイトニッポンを聴きはじめたのだ。眠い目をこすりながら１時まで起きているのは大変で、それでも何とか眠らずに頑張り、番組のテーマミュージックを聞いた時は大人になったような気がして妙に嬉しかったものである。

中学生になったことでラジオを聴くこと自体はおとがめが無くなり、僕はお年玉で生まれて初めて大型のラジカセを手に入れた。

ある時、この日も頑張って１時の放送開始を目指して聴きはじめたのだが、何しろまだ中１、途中で眠気に勝てず寝てしまった。

夜中にふと目が覚めた。部屋は真っ暗でデジタル時計の液晶だけが光っている、時計を見ると夜中の３時過ぎである。

真っ暗な中、つけっ放しのラジオから歌が流れてくる。僕は、思わずその曲に聴き入った。生まれて初めて聴く音楽だ。美しいピアノの旋律と英語の歌詞、そのメロディーはそれまで歌謡曲しか聴いた事がなかった僕の心に染み込むように溶けていった。

曲が終わるまでの数分間、まるで真空の宇宙空間を泳いでいるような感覚であった。

僕は思った「これがきっと大人の世界なんだ」と。

その時は曲名も分からずに聴いていたが、流れていたのがビートルズの「Ｌｅｔ Ｉｔ Ｂｅ」だと後になって知ることになる。あの時のほんの数分間の記憶が今でも鮮明に蘇る。真夜中に初めて大人の世界を心で感じた忘れられない思い出である。

その後もラジオにはずっとお世話になっている、高校時代にハマったのは吉田照美氏の「セイ！ヤング」不良少年探偵団の準会員証を取得、正会員証を持つことは神の領域であった。大学の受験勉強をしながら聴いていたのが「ミスＤＪリクエストパレード」同世代の方には懐かしいと思う。

今でもラジオが大好きである。通勤時、帰宅時、車の中、エトセトラ。
最近はポッドキャストという便利なものもできた、昔ならラジオの前で構えて待つか、もしくは、入念にタイマーをセットしてエアチェックしていたものである、それが今では簡単にダウンロードして聴けるのは大変にありがたい。

I Love Radio !

大人への階段を一緒に上り、時には後押ししてくれた素敵なラジオに懐かしさと感謝の気持ちをこめて。

24　身近に潜む恐怖

◆46歳の頃

本当の恐怖はあなたの身近なところに潜んでいる……。

僕は基本的に怖がりである。

「怖いものを三つ挙げてみましょう」と言われたら、

（1）お化け
（2）ジェットコースター
（3）G（ゴで始まる黒い昆虫、本名をフルネームで書くのもさえ抵抗あり。子供の頃の衝撃的な事件がトラウマとなっている）

したがって、遊園地やテーマパークなどには非常に向いていない。楽しめるアトラクションが限られてしまうので全く元がとれないのだ。

ディズニーランドに行っても、コースター系、ホラー系は近づくことが無い。カリブの海賊は最初のミニダイブがなければどんなに楽しいだろうと思うし、ビッグサンダーマウンテンは見ているだけで背筋がゾクゾクする。フリーフォール系のアトラクションなどはお金を払って乗る人の気持ちがしれない。

富士急ハイランドには一生行かないだろうし、スカイダイビングやバンジージャンプなどもってのほかである。

もしも「G」の形をしたスーパーコースターがお化けの森を滑走するというアトラクションに乗りなさいと言われたら、1万円をその場に置き、「ごめんなさい」と頭を下げ全速力で逃げることを約束する。

さて、ところが、2年前、これらを上回る恐怖を体験することになった。

どういう点で上回るのかというと、お化け屋敷やジェットコースターは一応人工的な怖がらせ装置だ。とってもおっかないが最終的には誰かが助けてくれる。Gや本物のお化けはその点では恐怖度が高い。身近に潜む本当の恐怖、それは決して誰も助けてはくれないものなのである……。

その時僕は、翌日にとても大事な仕事を抱えていた。しかも、その仕事は朝の6時に現地に行かなくてはならない。自宅からでは間に合わない、そこで実家の母親に「一晩泊めてね」という事になった。快く了解をもらうが、「朝早いから勝手に起きて、勝手に出かけてね」という回答である。こちらは泊めてもらうだけでありがたいので「ラジャー」と相成った。

前日は早めに就寝、僕は一階に、母親は三階にということで、これで朝バタバタして迷惑をかけることもない、僕は目覚まし時計を二つかけて準備万端翌朝を待つことになった。

緊張のためか明け方の4時に目が覚める、二度寝は危険なので気合を入れて起き上がりひとまずトイレに行った。

僕には一つ非常に変な癖がある。それは、夜中にトイレに入り便器に腰かける場合に限り、電気を点けないというものである。

「何で？」と訊かれれば、
「落ち着くから」と答える。
「怖くない？」と訊かれると
「宇宙にいる感じ」と説明する。

ここに一つの悲劇が潜んでいた。

用を足して、暗闇の中で水を流しパジャマのズボンを上げる。いざ、外に出ようとドアのノブをひねった時、その事件は起こった。

ひねった瞬間にカランという金属音がしたのだ。

（うん？　何の音だ）

一瞬何が起きたか分からない、暗闇の中の出来事である。外開きのドアを押して出ようとするが、出られない。

僕は暗闇の中、あることを直感し、足元付近を片足で探ってみた、すると足に触れる大きめの金属。そう、老朽化したドアノブが外れてトイレの中に落下したのである！

暗闇の中、手探りでドアを開けようと試みるがびくともしない。かなり強く押してみる、やはり動かない。思い切って蹴飛ばしてみたが足が痛いだけ、ちなみに真冬の朝である。

僕は岩の中に閉じ込められた山椒魚のごとく狼狽した。

（どうしよう……）

ここから出るにはどうすればいいのか、暗闇の中で無い知恵を絞る、まずは自力での脱出方法を考える。

ドアノブを拾い、元々嵌っていた空洞に手探りで戻してみた、数度の挑戦も空しく、ドアノブは再び床に落下。

（こんな暗い中じゃ無理だ）

次にあることに気付く。

（そうだ、このトイレには窓があるぞ！）

まだ外は真っ暗なため、その存在を忘れていたが、見上げるとかすかに入り込んでくる明かり、あそこが窓だ！　今の状況下では希望の綱である。たとえ誰かに見つかり怪しまれても、場合によっては警察を呼ばれたとしても背に腹は代えられぬ、窓から外へ出て、近くのコンビニへ行き事情を話し、電話をかけ家の鍵を開けてもらおうという算段である。

僕は窓をやはり手探りで開けてみる。

そして愕然とした。

開いた隙間はわずか20センチ程度、大の大人が出られる広さじゃない。試しに頭を隙間に無理やり押し込めてみたが、あやうく首が抜けなくなり別の意味で危ない状態となった、僕は必死の思いで首をトイレの中にねじり込むように戻した。それはそうである、どこの家でもトイレの窓は小さい、出入りできるような大きさならば逆に防犯上非常によろしくないではないか。もしもこのまま首が挟まったまま抜けなくなったら更に悲劇度と間抜け度が増した事であろう。

自力での脱出が不可能と判断した僕は、次に他力本願の救出へと考えをシフトした。三階には母親が寝ている、気付いてもらえれば救出は容易ではないか。

僕はドアをたたく、そしてドアノブの抜けた小さな円形の穴から声を上げて助けを呼んだ。

しかし、三階まで声は届かず、時間ばかりが過ぎていく。

こんな時に携帯電話があれば……。

僕はあらためて文明の利器の素晴らしさを実感した。

奮闘空しく20分ほど経った時、僕の頭の中には二つの恐怖がぐるぐると駆け巡っていた。

映画「127時間」は渓谷の岩場で腕を挟まれた男が誰からの助けも期待できぬまま脱出を試み、奇跡的に生還するまでを描いたものだ、絶望に近い状況の下、その恐怖はいかなるものであろうか。

同じような状況では、昔読んだ漫画、確か「ブラックジャック」の中のシーンだったと記憶しているが、海に潜ったダイバーが巨大な貝に足を挟まれ、身動きが取れぬまま、酸素ボンベの酸素が次第に減っていくという、これまた焦りと恐怖120パーセントというものであった。

僕の恐怖はその二つに比べれば大したことはない、何時間か我慢していれば母親が下りてきて救出されることになる、何ら問題ない。しかし、非常に現実的な恐怖が僕を焦らせるのだ。

（まずい……このままだと大事な仕事の時間に間に合わない）

命にはかかわらないが、社会人としては大ピンチと言えよう。逆算するとあと30分で脱出できなければ遅刻が確定する。

次にある恐ろしい想像が僕の頭を駆け巡った。

（もし、これが一人暮らしだったら……）

さらに、

（防音万全の高層階のマンションで、しかも窓がなかったら……）

僕は戦慄した！

自力で脱出できなければ、助けを呼ぶ手立てがないのだ。声を嗄らして叫んでもその声は届かない、近代的で防音に優れたマンションであればあるほど気付いてもらえる可能性は低くなる。

つまり、偶然誰かに発見してもらわない限り、トイレの中で餓死するという運命をたどるのだ。

近所づきあいの薄い都会のマンションではその確率は極めて高いのではないだろうか。

死後、何週間かして発見されたあとはきっとスポーツ新聞の社会面を大きく飾るに違いない。

《都会に潜む恐怖!!　会社員、逆密室と化したトイレで餓死！》となる。

そして、こんなことも思った。

（でも、トイレだけは困らないな）

かつてチリの炭鉱に閉じ込められた人々は何か月もかけて無事に救出され、世界的なニュースとなったが、トイレ事情を考えるとどれだけ壮絶な坑内だったろうかは想像に難くない。

都会にはこうした身近なところに思わぬ恐怖が存在しているのだ。

助けを求めることをあきらめた僕は最終的に最初の方法に戻り、20分ほどドアノブを嵌め込んではガチャガチャと回すことを繰り返してみた、すると何十回目かの試行錯誤の後、ドアは開かれたのである!!

僕は天の神様とトイレの神様とドアノブの神様に感謝の祈りを捧げると、急いでスーツに着替えて家を飛び出した。

教訓　本当の恐怖は身近なところに潜んでいる……。
トイレは電気を点けて入りましょう

25　うらめしきかな　バレンタイン

◆15歳の頃

バレンタインデーの存在を生まれて初めて知ったのは小学校の6年生の時だった。

クラスで一番おしゃれな少年であったS君が僕らのところへやって来て自慢げにこう言った。

「バレンタインデーって知ってるか？」

「なんだそれ」

S君はサラサラの長髪をなびかせながら僕らさえない「モテない」軍団に説明を始めた。

「愛の告白は普段は男からするもんだけど、1年でバレンタインデーだけは女の子から告白してもいい日なんだ」

「ふーん」

最近では時代も変わり、草食系男子を尻目に女子からの告白は当たり前の世の中となったが、この「1年に1日だけ女の子から告白してもいい日」説が当時のバレンタインデーの定義だった。懐かしくも古風でいい時代だったと思う。

「好きっていう証拠にチョコレートをあげるんだぜ」

「ふーん」

S君は気さくで明るくおしゃれで女の子にもよくモテた。すでに死語だが当時の言葉で言えばちょっと「スカした」やつということとなる。

この「スカす」という言葉、いつ頃なくなったんだろう？　カッコつけていかにも女の子にモテそうな言動をするやつを「ひがみ」と「ねたみ」と「嫉妬」とちょっとした悪意を込めて。

「あいつ、スカしてるよな」などと言ったものだ。

時は2月13日、S君の説明によればバレンタインデーは明日ということではないか。思春期入口のモテない小学6年生たちは急に色めき立った。

髪の毛を撫でつけ始めたり、クラスを見渡してはそわそわし始めたり、今までにモテた経験と免疫のない僕らにとって明日「2月14日」という1日が急に特別な日となって目の前に現れたのである。

かくいう僕も心の中で、

(明日はどんな服を着ていこうか)

(もしあこがれのTちゃんにチョコをもらったらなんて答えよう)

(みんなの前でもらったりしたらひやかされていやだなあ)


などと思春期特有の自分勝手な妄想がバラ色のオーラを伴って繰り広げられた。何しろ当時は「義理チョコ」などというものは存在せず、チョコレートをもらうイコール「ワタシはアナタが好き!!」という文字通り愛の告白なのである。


さて、日付は変わりいよいよ「聖バレンタインデー」の当日となる。

この日の男子は朝から落ち着かない、クラス中が1日ソワソワしている。

「あいつ、なんだあの服、芸能人みたいだぜ」

「見ろよ、あの髪型、スカしちゃって」

あたかも発情期のクジャクのオスが羽を広げるかの如く男子はそれぞれ自己ＰＲに必死である。

しかし、動物の世界でも人間の世界でも強いオスが勝ち残っていくのは種の保存の法則から言っても自然の摂理である。

１日が過ぎてゆく中で次第に、

「弱肉強食」

「自然淘汰」

「ダーウィンの法則」

といった言葉が厳しい現実をもってオスたちに突き付けられていくのだ。

すでに求愛を受けニコニコしているクジャクと、未だ、誰からも求愛を受けずにさびしく草をつつくクジャクにクラス内は識別されていく。こうなると広げた派手な羽が淋しげに見えてくるから不思議だ。

チョコレートを恥ずかしげに受け取るＳ君たちクラスのモテ組を横目に僕を中心とした「モテない」軍団はこうして苦渋の１日を過ごすことになるのである。知らなければまだしも、なまじ、バレンタインデーというアダムとイブのリンゴをかじってしまったがゆえにその淋しさはひとしおであった。

東海林さだお先生風にいえば「グヤジーー」といってハンカチを噛み、消しゴムをちぎっては秘かにS君に向けて投げるという構図となる。

この日を境にバレンタインデーという日が僕にとっては非常につらい1日となった。なにしろ毎年「グヤジーー」が繰り広げられるのだ、精神衛生上非常に好ましくない。あげく、少年は思春期をこじらせていくのであった。

「ああ神様、どうしてあなたはモテる男とモテない男の二種類をお作りになったのでしょうか」

天を恨みつつ思春期の少年は思い悩み、哲学書に手を伸ばす。

中三のバレンタインは特にこの「切なさ」が顕著な年となった。中学校最後のバレンタインデー、思春期をこじらせ続けたニキビ面の少年にとってぜひとも一花咲かせたい日である。

僕はこの年、親友三人と無謀な賭けをした。それはチョコレートをもらう数を競い合うという少年にとってはあまりにもリスクの伴う賭けであった。ちなみにこのレースに出走するメンバーを以下紹介する。

◎　1枠　Y君　ちょっぴりツッパリペーストも持ちあわせたロックバンドのボーカル。陽気で楽しくまさに大本命。

○　２枠　N君　知的な生徒会役員　しかもこの時点で彼女あり、麻雀でいうなら、面前一盃口、確定一役　Y君の対抗馬といったところ。

△　３枠　M君　大穴と目される彼は長身で僕らの中では一番のイケメン、場合によってはY君をも差し切る可能性あり。

そして４枠の僕、地方競馬出身でいまだに入賞経験なし、前走よりマイナス15キロ、加えて３日前に足をくじく。まさに最弱馬、高知競馬で名を馳せた１００連敗の「ハルウララ」がいとしくてならない。

麻雀でいうならシーサンプータにあと１枚足らず、国士無双を狙うも２巡目で「發」が枯れるという悲惨な配牌と紹介しておこう。

オリンピックの１００メートル走に一人中学生が混じるがごときこのレースは容赦なくスタートのピストルが鳴らされた。

さて、結果は……、

1着　Y君　4枚「本命、順当な結果でしょうね」
2着　M君　2枚「終盤の追い込みは見事、大健闘の2位です」
3着　N君　1枚「彼女からの愛の調教で着実に入賞ですね」

僕はというと予想通りの0枚、最下位と相成った。

解説者曰く、

「あまりにも無謀な出走でしたね、己をまったく分かっていない」

この賭けには罰ゲームがついていた。それは昼休みが終わった後、チャイムが鳴り終わっても校庭に居残り、全校生徒が注目する中で踊りを踊るという大変素敵な罰ゲームであった。

僕はこの罰ゲームを忠実に行った後、職員室に呼び出され大目玉を食らうという事になる。

ああ、うらめしきかなバレンタインデー。

このあと僕が初めてのチョコレートをもらうにはあと2年の歳月を待たねばならない。しかも、この日以上の悲劇が待ち受けていようとはこの時の少年は知る由もなかった。

その悲劇はまたいずれかの機会に。

26　夕暮れの少年

◆4歳の頃

「三つ子の魂百まで」

意味を間違えやすいことわざだが、要するに3歳の頃にオッチョコチョイだった人は100歳になってもオッチョコチョイだということである。これは、僕によーくあてはまる。

人生で3回ほど交通事故というやつに遭遇した。美しい女性ならばいくらでも遭遇したいが事故にはできることならお目にかかりたくない。これはその記念すべき（?・）第1回目の出来事である。

その日、僕は近所の友達と公園に遊びに行き、家に帰る途中だった。時間は午後の5時過ぎ、あざやかな夕焼けが空を真っ赤に染め、町は黄昏の中に沈み行こうとしていた。

家まであと100メートルといったところに幅が10メートルほどのちょっとした道路があった。結構、車の往き来があり、無事に家に帰りつくまでの最後の関門といったところ。

道路を横断しようと1、2歩と歩き始めた少年はふと左側に車の音らしきものを感じた、そしてふと左を見ると20メートルほど先から一台のスーパーカブとおぼしきバイクが走ってくるのを発見する。

（あ、おーとばいだ）　少年は心の中でつぶやく。
（このままだとぶつかるな）　少年は冷静に分析する。
（さがればぶつからないや）　少年はかしこかった。
（いっぽさがろう）　実は少年はあまりかしこくなかった。

少年は一歩下がったおかげでオートバイのタイヤに轢かれることはなかった。この点では少年の判断と行動は高く評価できよう。しかし、オートバイという乗り物にはハンドルという横に出っ張った装置があるのである。このことに気づかなかったという点で少年の評価は大きく下がるのであった。

大きな衝撃とともにオートバイのハンドルが少年の左頭部に激突して少年は跳ね飛ばされた！

何が何やら分からないままにふと顔を見上げるとおじさんらしきひとが少年の顔を覗き込んでいる。

「大丈夫か？」
「大丈夫だよな」
「じゃあな」……ブブブブブ……。

世間一般にはどうやらこれを「ひき逃げ」というらしい。
少年は大丈夫かというと……全然大丈夫じゃないのだ！
ふと頭に手を当ててみると手には真っ赤な血がいっぱいについているのだ！

血だらけの少年を放置しておじさんは走り去った。

さて、その後の少年の行動に注目してみよう。まず、偶然にもこの事故の目撃者が誰もいなかった、夕暮れ時というのも災いしたようだ。誰でもいい、大人が一人この場に居合わせてくれたら……。

次に少年は思いもかけぬ行動に出た、今思い返しても恐ろしいことに少年は血だらけのまま家に向かって歩き出したのである。そして、これまた偶然の出来事といえよう、家に着くまでの約100メートル、たった一人の大人とも出会わなかったのだ。もっとも、誰かがこの光景に出くわしたら悲鳴の一つも上げていたかもしれない、何しろ黄昏の住宅街を血だるまの子供が歩いているのだ！　へたなホラー映画よりよっぽど怖い！

さて、少年は無事に（？）帰宅

ここで第二の悲劇が……父親も母親も誰もいないのである。父親は仕事、母親は買い物……。

「血を止めなくちゃ」　少年は考える

ここが4歳の子供の考えの浅はかなところ、隣近所に助けを求めるという考えが全く及ばないわけだ。

台所から持ってきたタオルを頭に当てること約20分、白いタオルはみるみる鮮血に染まり意識も朦朧としてきた。不思議と痛みはまったくといっていいほどない……。

さあ、少年の運命は如何に!!

しかし、神は少年を見放さなかった！　母親が帰宅したのである！

自分では記憶にないが、その時の母親の驚きといったら相当なものだったろう、何しろ帰ってきたら息子が血だるまで待っているのだ！　なかなかお目にかかれる光景ではない。

そして、その後少年は救急車の車中の人となる、救急隊員の人の顔が見えたところまでは覚えているがその後の記憶はない、後から聞いたところによるとあと10分遅れていたら出血多量で手遅れだったらしい。それから、これも後から聞いたことだが、少年の事故はひき逃げ事件としてラジオで報道されたということである。

この事故を皮切りにこの後の人生で大きな事故を2回、小さな接触事故を含めれば4回、まったく反省のない人生を送っている。

ところで、こんなかわいらしい少年を轢いた例のおじさんであるが、結局捕まらないままですに50年余りが経過している。法律的には時効というわけだ。

きっと、どこかで犬をウンチを踏むなどの不幸を繰り返し、苦悶に満ちた人生を送ったに違いない。

教訓　オートバイにぶつかりそうになった時は2歩下がろう！

27　第三校舎の思い出

◆6歳の頃

3月は卒業の季節、そして4月は入学の季節である。何となく懐かしい思いに駆られて小学校の卒業アルバムを引っ張り出してみた。

不思議なもので眺めているうちに昔の光景がぼんやりと蘇ってくる。

僕の小学校の入学だから今から50年以上前になる。入学した小学校は今思い返すととても趣のある校舎だった。

まずは木造、平屋ではなく二階建てだった。そして、校舎が三つに分かれていた。第一校舎、第二校舎、第三校舎、これら三つの校舎がほぼ平行に並んで渡り廊下でつながっていた。

第一校舎は職員室や校長室があり何となく一番偉かった。ピッカピカの1年生は当然第一校舎の一階だ。建物も三つの校舎の中で一番重みがあり、ウルトラ警備隊で言うとウルトラホーク1号という感じだ。やっぱり1号はかっこいい。

第二校舎には特別な施設が集まっていた。宇宙ステーションにも行けるウルトラホーク2号ということになる。

確か給食室があり、昼になると各クラスの給食当番が一斉に集合した。エレベーターもワゴンもない当時はすべての食器、おかず、パン箱などを生徒が運んでいた。それでも力のない1年生だけは教室の前まで給食のおばさんが運んでくれていた記憶がある。

第三校舎は独特の雰囲気だった。渡り廊下で第二校舎を抜けるとふっと風景が淋しくなり、うらぶれたような木造校舎が現れる。学校農園に囲まれるように佇むこの校舎は一つだけ特にローカル色が濃く、昭和40年代ながら、雰囲気は昭和20年代という趣であった。ウルトラ警備隊の中でもウルトラホーク3号はマニア度が高い。

1年生の行動範囲は非常に狭い。校門から第一校舎までが生活の90パーセントを占める。残りの10パーセントは体育で移動する校庭や体育館というところだ。1年生は特別教室もまだ使わない、音楽も図工もすべて教室だ。

二学期になると練習を兼ねて一部の食器を給食当番が第二校舎まで取りに行く、これですら1年生にとっては立派な冒険である。

また、冬になると教室のストーブに入れるコークスを運ぶストーブ係というのも体験することになる。バケツいっぱいのコークスと点火に使う「ネオライター」という発火剤をストーブ室というところまで係二人で取りに行くのだ。小さなスコップでバケツにコークスをいっぱいにしたあとで、主事のオジサンに見せて「ネオライター」をもらい教室に戻ってくる。

低学年は運ぶだけだが、4年生以上は教室での点火までも係が行う。新聞紙にマッチで火をつけ、「ネオライター」に点火する。素早い点火にはそれなりの技術が要求されこの係はなぜか人気があった。

さて、そんな1年生の僕が月に一度だけ第三校舎に行くときがあった。

それは、毎月の決まった日にここの下駄箱のある昇降口で学研の学習誌（かがく・がくしゅう）の販売があったのである。毎月同じおばあちゃんが午前中いっぱい机に座り小さなお店を広げる。

そんな場所に僕らは現金をもって休み時間に買いに行くのだ。1年生の僕にとってはちょっとした勇気が必要だった。

まず、第三校舎は遠い、1年生だと片道2分程度はかかるのだ。往復で4分、休み時間は10分だから行って買って帰ってくると5分程度かかる、時には長い列ができる時もあった。おばあちゃんの接客と販売はゆっくりだ、時々おつりを間違えたりして列が少しも短くならなかったりする。おばあちゃんは白髪でおとぎ話に出てくるちょっぴり怖い妖怪のようにも見えた。僕はこの販売が夕方や夜でなかったことに心から感謝した。

それでも子供心に、

「つぎのじゅぎょうまでにきょうしつにかえれなかったらどうしよう……」
「わざとおそくして、ぼくらをこわがらせているのかもしれないぞ……」

などと1年生の心は千千に乱れるのだ。

次に第三校舎の醸し出す独特の雰囲気だ。僕の学校にも学校にはよくある七不思議的な怪談話が伝わっていた。元々が軍の火薬庫の後に出来た学校だったためこうした怖い話には事欠かなかった。実際に校庭の隅から戦時中のものと思われる人骨が出てきたりしたこともあり、軍人さんが歩いている姿を見ただとか、夜中にピアノの音が聞こえてくるだとか、トイレの戸が開かなくなり、下から血だらけの手が出てくるだとか、そうした類の話が山ほどあり、そうした「学校の怪談噺」の舞台の大半をうらぶれた雰囲気のこの第三校舎が担っていたのである。

さらにはお金だ。この日だけは小学1年生は大金を所有している。といっても250円程度だが、幼き少年には十分な大金である。これを落としやしないかとビクビクしながらポケットをまさぐり、少年は第三校舎を目指すのであった。

僕はドキドキしながら、でもちょっぴりスリルを楽しみながら、毎月1回この第三校舎に向かった。

そんな第三校舎は僕が5年生の時に取り壊されてしまう。第一校舎と第二校舎も同様だ。老朽化による全面新築新校舎計画の実施だ。

新しく完成した校舎は全国から先生が視察に来るほど近代的なものであった。教室も廊下もトイレもとびきりきれいだった、給食はゴンドラエレベーターで三階まで上がってくるし、ストーブはすべてセントラルヒーティングに変わった。でも、今思い返しても思い入れも愛着も全くない、あの古い校舎のままで卒業したかった。

もし、僕が何かの拍子に巨万の富を手に入れたら、学校を作りたい。私立学校の理事長だ。そして、広い敷地に迷路のような木造校舎を三棟建てるのだ。木も鬱蒼と蔽い茂らそう、そして、1年生の教室から5分はかかるであろう第三校舎の片隅で月に一度学習誌の販売を行うのだ。販売時間は授業の終わった放課後から日が暮れるまで。

僕は背広を脱いで白髪のおじいちゃんの売り子に扮する。子泣きじじいのイメージだ。ドキドキしながらやってくる1年生にお釣りを間違えながら本を渡そう。そして、心の中で1年生にエールを送るのだ。

(頑張って大きくなれよ、この校舎は6年間君たちをドキドキさせるぞ)

(君たちが卒業するまで決して壊すこともない、ちょっぴり怖い思いもしながらいっぱい思い出を作るのだ)

安全というものには代えられないのだとは思うが、それでも全国に現存する木造校舎が少しでも壊されずに残っていくことを切に願いたい。

28　Saturday Night

◆15歳の頃

男なら誰しも一度はこんなことを思うだろう。

「うら若き女性たちにモミクチャにされてみたい」

健康な男子であれば自然な欲求である。けれども実際に「モミクチャ」にされるためのハードルはとても高そうだ。なにしろ「モミ」だけでも相当いかがわしいのにそれに「クチャ」まで加わるのである。

「モミクチャ」までの分かりやすいルートを挙げればアイドルになる事であろう。芸能事務所に所属する若きアイドルたちは日々「モミクチャ」を味わっているに違いない。中には「もうモミクチャは勘弁、そっとしておいてください」などと世の中のモテない男子の神経を逆なでするような台詞を口にするアイドルさえいるようである。

しかし、これはなかなか高いハードルである。まずもって生まれながらの容姿に恵まれなければならない。加えて歌も上手で運動神経にも優れ、バク転なども軽くこなさなくてはいけない。

その頃、中三だった僕にとってこれらのハードルは越えようもないぐらい高く、下手すれば、手を挙げてくぐれるような状況である。そんな僕がとあることから図らずも「モミクチャ」にされたのであった。

時代を遡ると1970年代の後半が僕の思春期真っ只中という事になる。当時の僕は洋楽に目覚めた頃で、その情報の素は、かの有名な夕方のバラエティー番組「ぎんざNOW！」であった。この番組の木曜日に「ポップティーンポップス」というコーナーがあり、毎週洋楽のベスト10を放送していた。今では当たり前になっているPVがとても刺激的であった。

最近YouTubeで検索すると当時の映像が出てきて、懐かしさで感涙にむせぶことしきりである。ベスト10常連のアーティストと言えば名だたるビッグネームが揃う。「QUEEN」「ABBA」が僕のお気に入りでフレディ・マーキュリーが「伝説のチャンピオン」で見せたタイツ姿はいまだに記憶に残っている。「KISS」のジーン・シモンズが先生だったという事実に驚き、はたまた「ランナウェイズ」のボーカルのシェリー・カーリーは「奥さまは魔女」のタバサちゃんだったなどという嘘かまことかわからぬ情報に日々心を揺らしていた。

ベスト10に入ってくるアーティストは大きく分けて2種類あった。一つは実力派のミュージシャンたちで「イーグルス」「エアロスミス」「シカゴ」「ビージーズ」といった面々だ。「ELO」が好きで順位がいつも気になっていた。そのほかには「アース・ウィンド＆ファイアー」ディスコサウンドも花盛りで「アラベスク」や「ボニーM」なども上位をにぎわしていた。もう一つのグループがいわゆる「アイドル系」のアーティストやグループだった。女子中高生を中心にこれまた絶大な人気を誇っていた。「バスター」「ロゼッタ・ストーン」「スコッティーズ」少し渋めでは「チープ・トリック」。ソロでは「ショーン・キャシディ」、「ビージーズ」のギブ兄弟の末っ子である「アンディ・ギブ」といったところだ。

そしてその人気の中心は何と言っても「BCR」そう「ベイ・シティ・ローラーズ」ということになる。とにかくその人気は絶大で、タータンチェックに身を包んだファンの女の子たちが本物がいるわけでもないのにスタジオの外から黄色い声援を上げていたものである。

友人のO君がBCRの大ファンであった。そんなO君に誘われた。

「武道館にBCRが来るんだ、一緒に行こう」

「でも、男のファンなんてあんまりいないんじゃないか」

「ここにいる」

「何だか恥ずかしいよ」

「そんなことはない、一緒に応援しよう」

「でも、チケットも高いだろ」

「ここで見なければ一生後悔する、それでもいいのか」

半ば強引に説得された僕は、なけなしの小遣いとお年玉の残りで武道館のＳ席のチケットを買わされ、さらにはベスト盤のＬＰレコードをこれまた半ば強制的に買わされて３か月後に控えた武道館公演を待つこととなった。

最初は「えらいことになった」とやや消極的な気分だったが、それでもレコード聞きこんでいくうちにだんだん心惹かれていった。ポップティーンポップスで毎週のように流れていたので曲は結構知っていたが、アイドルグループと思えないほど楽曲がいいのである。ボーカルのレスリー・マッコーエンの歌唱力は素晴らしい。ポップティスト溢れるリズミカルなロックとバラードで見せる趣のあるボーカルは聞けば聞くほど味のあるものだった。僕も次第にコンサートの日が待ち遠しくなってきた。

さて、いよいよコンサート当日である。九段下の駅から武道館へと向かう道をＯ君と歩きながら僕は目をパチクリさせていた。

「おい、ちょっとすごくないか」
「なにが？」
「何がって、男、俺たちだけじゃない？」
「かもな」

Ｏ君はあっさり言うが、武道館へ向かう長い行列の中に男の姿がまったく見当たらないのである。もちろんゼロという事はないだろう、しかし、僕の記憶の限りでは99パーセントが女の人なのであった。

さて、ここでようやく冒頭の話題に戻ることになる。武道館の入口前には1万人近いであろうファンが開門を待っている、しかし、まだ開演の2時間以上前なのだ、入口は閉じたまま、そこに次から次へとファンが押し寄せてくるわけである。そして、その99パーセント（主観）がうら若き女性なのである。間もなくして、溢れる人々が密着するまでの混み具合となってきた。明治神宮の初詣並みの混み具合だ。身動きが取れない。それでもあとから続々と観客がやってくる。

その時だ、危険を回避するためであろうか予定より早く入口が開いたのだ。あちこちからメガホンで「危ないですから押さないでください！」という怒号にも似た声が聞こえる。しかし、ファンの心理は止まらない、1万人近い群衆が川の流れのように入口に向かって流れ出した。

「モミクチャ」の始まりだ。純情な中三男子の僕とO君は女性だらけの川の流れの中を息もできないぐらいに「モミクチャ」にされながら泳いでいく。とにかく流れに逆らうと危険なのだ、立ち止まれば将棋倒しよろしく命落としかねない。

僕は人生最初で最後の「女の子の中にモミクチャ」状態で約10分間何とも言えぬ気分を味わうことになった。今思えば「中学生でよかった」と思う。これがもし中年男子ならば、女子の視線は相当厳しいものと察せられ、満員電車での痴漢冤罪事件が一度に30件くらい起きても仕方がない状況であろう。

この幸せなのか不幸なのか分からぬ「モミクチャ」状態のまま10分後僕らは何とか無事に武道館のオーディエンスとなれたのであった。

コンサートはこれまたものすごいものだった。とにかくファンの声援のボリュームが大きくて、純情な中三は最初から最後まで戸惑うばかりである。ちなみに生まれて初めてのコンサートであった。

そんな中彼ら最大のヒット曲「サタデイ・ナイト」のイントロが始まった。ご存じのようにこの曲のイントロでは「S・A・TUR・DAY・NIGHT！」とファンは大合唱するのであるが、その際に全員が足踏みをするのだ。これがすごかった、地鳴りかはたまた地震か、武道館が揺れている、本当に揺れている、僕は客席が崩れるのではとおののきながらその迫力に圧倒されていた。

約1時間半のコンサートの間中、歓声と振動は止むことがなかった、そして入口に到るまでのものではないが「モミクチャ」に近い状態で僕らもその祭りの中にいた。失神して運ばれるファン多数。

コンサート終了後、冷めやらぬ熱気の中を中三2名は精根尽き果てたように地下鉄へと歩む。

O君が言う「最高だったよな」

僕が答える「最高だったよ」

あれ以来僕の人生で女性に「モミクチャ」にされたことは一度もない。

29　遠足メモリーズ

◆32歳の頃

「遠足」という言葉から何を思い浮かべるであろうか。

遠足はみんなに普遍の思い出だ、そして共通の話題でもある。飲み会で昔の「あるある」話をする時も遠足のネタは盛り上がること鉄板である。


「おやつは200円までです」

「先生！　バナナはおやつに入るんですか?」

「家に帰るまでが遠足です！」

「水筒の中身はお茶か水です、ジュースは禁止」


このあたりはおそらく定番であろう。

僕らの時代の遠足は非常にバリエーションが限られていて、小学校時代のそのほとんどが登山かハイキングであった。僕は東京の北部に住んでいたので行先は１００パーセント埼玉県の山々であった。

今思い出せる目的地は、

●吉見百穴
●顔振峠　正丸峠
●ユネスコ村
●高麗川　秩父連山

いずれも埼玉県の高名なハイキングコースやその近辺の行楽地だ。

したがって、遠足そのものの印象はあまり残っていない、どれも、

（リュックサック背負って山を歩いたなぁ……）

というものばかりで、遠足そのものよりも先に挙げた、行く前のおやつを買いに行く楽しさや、先生の話すお決まりのセリフの数々ばかりが今でも記憶に残っている。

さて、僕にはもう一つ別の「遠足」の思い出がある。

それは、先生になってから生徒を引率した遠足の数々だ。僕の勤めたのは中学校だったので、先の小学校の遠足と違い様々なバリエーションがあった。潮干狩り、工場見学、フィールドアスレチックなどの集団行動のものも残されてはいたが、すでに時代はバスガイドさんの旗に引率されてという時代ではなく、班行動によるオリエンテーリング形式が主流であった。

僕が計画した場所をいくつか挙げてみると、

●東京都内巡り
●川越散策
●鎌倉散策

などがある。

これらは「遠足」という名称からは少し離れているが、僕は指導する側としてはとても好きだった。みんなで同じところを集団で見るほうが確かに計画は楽だし、当日の心配も少なくて済む。でも、中学生にもなればそれぞれみんな自分の意思を持つ。自分たちでコースを計画する楽しみや、限られた範囲ではあるが自由度の高いこうした行事は生徒たちにとってもとても楽しいらしく、計画の段階から教室が華やぐ。

中学校という場所は「制約」だらけの空間だから、そこに自由が少しでも入り込むことで新鮮な風が吹きとても輝いて見えるのだ。

その代わり、先生は大変である。当日、生徒たちは自分たちの手を離れてしまうため、楽といえば楽だが、もしも生徒が事故にあったらなどと考えると精神的には非常に宜しくない。

そのために、事前の計画を3か月も前から始め、万全の対策を練り、くどいほどの指導を経て生徒たちを送り出すのだ。

当時は携帯電話がないので、公衆電話のかけ方から教えたものだ。中一だと一人で電車に乗ったことがない生徒もけっこういた。班長にはいざという時の救急車の呼び方や、満員電車で具合が悪くなった時の対処方法までありとあらゆる場面を想定してシミュレーションさせる。

こうした行事はこの「事前指導」が全てといっていい。逆に言うと、しっかりと事前指導ができたと実感できた時、当日は割と気が楽である。天気のいいのを願うくらいだ。

僕は個人的に鎌倉が好きで、毎年遠足担当になるとよく鎌倉を行き先に提案した。まずはコンパクトな中に様々な見学地が置かれている。次に、当時勤めていた学校からは乗り換えなしで電車1本で行ける。そして、何よりもそれぞれの見学地が魅力的である。

遠足の担当者は「実地踏査」といって、事前に下見に行くことができた。この時は生徒もいないし、交通費も見学料も全て公費だ。非常に楽しい「仕事」である。そして、その下見をふまえて細部の計画を立案するのだ。

さて、そうして迎えた個人的には三度目の鎌倉遠足の日のことである。その時も僕は「万全」の計画を立てて（これ、一応自己評価です）「鎌倉遠足」当日を迎えた。自分自身三度目の鎌倉遠足であり余裕もあった。ところが、一つだけ当てが外れた。それは……天気。

こうした遠足は多少の雨でも登山などと違い中止になることはない、よほどの台風なら別だが基本的に傘をさして回ればよい、晴れるに越したことはないが、雨だからできないことはない。先生方の本音を言えば、できれば延期にはしたくないのだ。

この時の季節は冬、1月の末であった。雨の予報だったが決行となる。しかし、当日、朝から降っていた冷たい雨は昼過ぎになり予想以上に激しくなってきた。僕ら先生はそれぞれのチェックポイントにいて、生徒たちがグループごとにやってくるのを待ち受ける。

その日の僕のチェックポイントは銭洗弁天だ。

待っていると生徒たちが三々五々やって来る。かわいそうにみんなびしょ濡れだ。でも生徒たちはそれでも楽しそうで、濡れているのをそれほど厭わず、女の子などはキャッキャキャッキャとはしゃいでいる。

僕はそこでそれまでの報告を班長から受ける。すると、ほぼ全てのグループのほぼ全ての生徒が同じことを、ある生徒は「楽しそーに」ある生徒は「同情の声を交えて……」報告するのだ。

「M先生、かわいそ〜」
「M先生、あれ、知らない人が見たら怪しいよ！」
「M先生、顔が青かったー」

そう、それはその日チェックポイント「由比ガ浜」に配置された若手体育科のM先生の姿の報告であった。僕のいる銭洗弁天は雨のしのげる場所がいくらでもあった。しかし、M先生のチェックポイントは由比ガ浜の海岸の砂浜のど真ん中（生徒たちがすぐ見つけられるように）となっていた。

M先生に、折りたたみのチェアーに座り、海岸の一番目立つ場所で生徒を待つように計画したのは何を隠そうこの僕である。そして、M先生はその日、目立つように蛍光オレンジのダウンジャケットを身にまとっていた。朝、集合場所からそれぞれがチェックポイントに向かうとき、M先生は少し憂鬱そうに、

「じゃ、行ってきます」とつぶやいていたのを思い出す。

M先生は昼頃から勢いを増した1月の氷雨降る中、一人由比ガ浜の海岸の真ん中で椅子に腰掛け、傘をさしながら蛍光オレンジのダウンジャケットに身を包み、1日中生徒たちを待っていたのだ！

「でも、すぐに分かったよー、あれ目立ちすぎ！」
「怪しい人だよね」
「あれはちょっとかわいそうだよ」

女の子たちはやたら嬉しそうに報告をくれる。なんでも今日見学したどの見学地よりも印象に残ったのだそうだ。

（ごめんね、M先生）

僕は自分の「完全」な計画を反省しつつ、心の中で謝った。

その日の夜、鎌倉遠足打ち上げの宴席でM先生はスターであった。

「いやー、凍え死ぬかと思いました、でも一生忘れられないですね」

「お疲れさん！　熱燗好きなだけ飲んでいいから」

「風邪ひかなかったか？　なんなら明日休んでいいぞ」

「平気です！」と笑顔でM先生。

遠足の成功も相まって和やかな飲み会となった。

先日、久方ぶりに鎌倉を訪れ散策を楽しんだ、江ノ電から由比ガ浜の海岸を眺めたとき、あの日の思い出がよみがえってきた。

鎌倉はそんな「思い出」も含めて、僕にとってとても素敵な町である。

30　つゆのあとさき

◆4歳の頃

梅雨寒　五月雨　アマガエル

日本中が「THE・梅雨」といった毎日だ。

雨は好き？と尋ねられた時はこう答えるようにしている。


「用事がないときは好き」


登校、出勤などどうしても家から出なければならない時の雨は憂鬱だ。

傘をさすのも面倒だし駅までのスクーターはいくら合羽を着ても着く頃にはびしょ濡れだ。

だが、そんな雨がいとおしく感じる日もある。今日は1日休みでどこにも出かける必要がない……。

外は朝から篠突く雨が降り続いている。窓をたたく雨音に耳を傾けながら熱いコーヒーをひとすすり。ＢＧＭは渋めのＪＡＺＺがいい。そんな雨の朝は限りなく素敵だ。

雨音を聞いていると幼い頃のちょっぴり切ない記憶がよみがえってきた。

確か、僕は４歳。

梅雨時の土曜の夕暮れだった。僕は家の前でロウセキを使ってアスファルトに落書きをして一人遊びをしていた。

あの頃、道は子供たちの落書きであふれていた。ケンケンパの輪っかに始まり訳の分からぬ怪獣に車やヒコーキなど道はちょっとした画用紙だった。

いつもは道端の石を拾って書いていたが、ある日誰かがロウセキを持ってきた。１本10円。道端の石の何倍も鮮明な白い線が引けた。途端に落書きが何倍にも楽しくなった。

誰かが僕に声をかけた。

「ねえ、いっしょにかいていい？」

僕が振り向くとそこには近所に住むAちゃんという女の子が立っていた。彼女は距離でいうと約100メートル、軒数でいえば15軒ほど先の自転車屋の子で確か学年は一つ上だった。

「うん……いいけど」

僕はとまどった、なぜかって……生まれて初めて女の子と話したのだ。

記憶に残っていないだけなのかもしれないが、男兄弟、幼稚園デビューでいきなりはしかに罹患し、友達作りに乗り遅れた僕は女の子はおろか、友達らしき友達が一人もいなかったのだ。

登園から降園まで一言もしゃべらずに過ごすことも日常茶飯事だった僕は、当然女の子と話した経験もなかったのである。

「ケンケンパ描こうか」

「うん」

何だか不思議な感覚だった。

自分から話しかけることなどなかった僕だが「年上の彼女」がリードしてくれたおかげで自然と話すことができた。

「あたし、お花描くね」

「じゃ、ぼくはくるま」

二人で話をしながらロウセキでいろいろな物を描いていった。

僕はそうしているうちになんだか楽しくなってきた。

「たのしいね」

彼女が僕を見て微笑んだ。

「うん、たのしいね」

それはもしかすると生まれて初めて「女の子」を意識した瞬間だったかもしれない。

時間にすればものの30分くらいだったろうか。

やがて夕闇が迫り、町は黄昏色に染まる。

「じゃ、あたし帰るね」

「うん」

「ねえ、あしたもあそばない？」

「えっ……いいけど……」

思わぬ言葉に僕はどきっとした。

「朝の9時にここに来るね」

「うん」

そして彼女は暗くなりかけた道を帰って行ったのだ。

僕はその夜妙に興奮していた。生まれて初めて味わう気持ちだ。僕は紙切れを探してきて、サインペンでこうメモした。

「あした、9じ　いえのまえ」

そして、布団の下にそのメモをしまって眠りに落ちた。

翌日曜日、僕は6時頃目が覚めた。いつもなら8時まで寝てるのに……。

窓の外は……どしゃぶりの雨だった。
ちょっぴり不安な気がした。
気もそぞろに朝ごはんを済ませた僕は9時10分前に家の外に。

9時になった。
彼女は来なかった。
30分ほど傘をさして待った。
でも……彼女は現れなかった。

昨日描いたロウセキの白い落書きが雨ににじんでぼやけていた。

僕はその時ちょっとだけ雨が憎らしかった……。

31 「はい、もうちょっと元気よく！」

◆36歳の頃

物事には順序というものがある。

至極もっともな話だ。

料理人の世界ならば掃除や洗い場に始まり、次には食材の買い出しと仕込みを任されるといった道であろうか。

ＴＶ業界ならばアシスタントディレクターとして寝る暇もなく下積みを重ね10年後にようやくディレクターに、さらに10年後にはプロデューサーになるといった具合であろう。

そうやって少しずつ仕事を覚え人は一人前の職業人になっていくのだ。

「えっ、君、大型持ってないの？」

「あ、はい」

「そんな人見たことないよ」
「だめですか？」
「だめ……ってわけじゃないけど……」
「ないけど……」
「難しいよ、合格するの」

20年余り昔、僕の心の中にある想いがむくむくと湧き上がった。

（電車の運転してみたいなぁ……）

小さい頃から電車が大好きだった、できれば電車の運転がしてみたい。しかし、こいつはどうやら難しそうだ。インターネットで電車の教習所を検索したがそんなものはないらしい。確かに人の命を預かる大変な仕事である、仮免をとっても路上教習に出ることもできない。専門の学校で何年も勉強し、鉄道会社に就職し、駅の業務などを経てというのが「順序」であろう。

だが、僕の気持ちはますます盛り上がる。人間、できないとなるとますますやってみたくなるものなのだ。

電車の運転というハードルは棒高跳びのバーくらい高いことが判明した。僕は背も高い方ではないし、垂直跳びも現在なら20センチと言ったところだろう。僕は泣く泣くあきらめた。

(よし、それならバスはどうだ?)

路線バスの運転手さんはとてもカッコイイ、レールのない場所をあの大きな車体を自由自在に操るという点からすれば、技術的には電車の運転よりも難しいかもしれない。観光バスもカッコイイ。子供の頃、バスで遠足に行くと、日光のいろは坂のような難所を見事な運転さばきで走っていく運転手さんの後ろ姿と白い手袋、さらにはバスガイドさんとのなにやら秘密めいた業務連絡にいつも憧れに近い思いを抱いたものだ。

またまたインターネットで検索すると、バスは免許をとれば運転ができることが判明した。免許は教習を受けるか試験場での一発試験である。一発試験は教習所の卒業検定にあたる。

(よし!　これだ!)

というわけで、僕は東京にあるとある教習所の門をたたいた。冒頭の会話は初回の教習の時のものである。

この時の僕の免許は普通免許。教官の先生がおっしゃることには、
「普通は大型免許とって、何年か乗った人が受けるもんだよ」
「そうなんですか」

たしかにちょっと前までHONDAのシティに乗っていた僕である。排気量は1300、しかもオートマだ。いきなりバスはこれまたハードルが高い。飛びぬけて運転技術が秀でているかというと、愛車シティは壁やガードレールと何回もお友達になり新車3年目にして傷だらけであったような気がする。

また、車を停めて公園のベンチで昼寝をしていると、何やら物音がし、何だろうと起き上がった瞬間、僕の目の前を愛車がレッカーで連れ去られるのを見た記憶があるところから、極めて高い順法精神があるとも思えない。

電車ほどではないが、どうやらその挑戦はオリンピックの走り高跳びに挑戦する中学生、はたまた高尾山しか登った事がないのにK2登攀《とうはん》を試みるにわかアルピニスト、水泳帽一本線、学校プール3級の小学生ドーバー海峡横断にトライ、などその無謀さを例えれば枚挙にいとまがないようだ。

というわけで、僕は出鼻をくじかれた気持ちでうなずくのであった。

さて、初めて教習のバスに乗り込む、運転席に座る、これだけでドキドキである。さらにちょっぴりウキウキでもある。

（やった！　これからバスを運転するんだ！）

（教官に気付かれないよう、心の中で停留所のアナウンスするぞ）

何とも不謹慎な教習生である。

「じゃ、エンジンかけてみて」

「はい！」

「どうしたの？」

「どうやってかけるんですか？」

「……」

教官もあきれ顔である。

普通車と違ってキーの差込口が複雑でよく分からないのだ。大型の経験がないとこういった点でまずいわけだ。教官もあきらめた様子で幼稚園児に教えるがごとく優しい心持ちでの指導にシフトチェンジしてくれた。

「はい、じゃあ、すたーとさせてみまちょうか……」

（教官の心の言葉を文字にするときっとこんな感じ）

「あ、バスはね、ロー発進しないの、セカンドで発進するの」

「そうなんですか！！！」

聞く事すること驚きの連続であった。

何はともあれ僕の「バス」は教習所のコースの中を走り始めたのだ。ところがである！　運転の難しい事！　難しい事！

まず、当然ながらマニュアル車であるのでギアチェンジをしなければならない。普段からオートマ車に慣れ切ってしまっている僕にとっては忙しい事このうえない。閑職に追いやられて10年経つ公務員がいきなり兜町のトレーダーに転職したような騒ぎだ。

僕はエンストを何度となく起こしてはセカンド発進を繰り返す。

さらに難しいのがカーブの曲がり方だ。

皆さんもバスの前方に乗って見た経験がおありと思うが、大型車は内輪差が大きいため、大きな円を描くように曲がらなくてはたちまち横っ腹を擦ってしまう、実際の路上なら巻き込み事故になる。

「もっと前まで出て大きく曲がらないと擦っちゃうよ」

教官も生きた気がしないらしい、補助ブレーキの嵐である。

しかし、この「前に出る」というのが未経験者の僕にはとても難しい。教習所のコースは狭いので、コースのすぐ脇にフェンス1枚隔てて建物が建っている。ここにカーブがあるので曲がるには前方の建物に突っ込むくらい直進してハンドルを切らなくてはいけないのだ。

これが怖い！

（ぶつかっちゃうよー）というくらいの思い切りがないと人や自転車を巻き込んでしまう。

（えらいこっちゃ　えらいこっちゃ）

僕は頭の中で停留所のアナウンスよろしく（えらいこっちゃ）をくり返し放送していた。

口の中が渇いて必死の運転。

何度となく縁石に乗り上げ。

数回道路わきの樹木の葉っぱを粉砕。

TVゲーム（古いですね）ならば、完全に「GAME　OVER」である。スーパーマリオなら10回は死んでいる。

それでも3周ほど何とかまわり、ようやく慣れてきた時、教官の先生がこうおっしゃった。

「はい、もうちょっと元気よく走ろうか！」

これはこのあと教習を続けていく中で最も多く言われた台詞である。

つまり、運転が下手で怖いものだからスピードが出せないのだ。おそらく時速10キロくらいで走っていたのではないだろうか。僕の「バス」は自転車に抜かれる速度なのだ。

「ほら、バックミラー気にしてごらん」

教官の声に促されてふとバックミラーを見て僕は思わず声を上げた。

「ひえー!!」

僕の「バス」の後ろに大渋滞が起きていたのだ！
後ろに走っているのも当然教習車だ、車体の長いバスを追い抜くなどできないのであろう、見る限り7〜8台、バスの後ろに普通教習車が連なっている。

「ねっ」
「はい！」

この日を含めて計4回ほど教習を受けた末、僕のバスへの挑戦は頓挫した。その間毎回のように言われたのが先ほどの台詞であった。

「はい、もうちょっと元気よく走ろうか！」

バスの運転をあきらめた僕は、その後運転技術的にはさらにハードルを下げ「普通二種免許」にシフトチェンジした。タクシーの運転免許である。それでも僕にとってはオリンピックのハードル競技程度はあっただろうか。教習を受けただけでは駄目である、運転免許試験場での実地試験の合格がゴールの条件となる。

ゴールテープを切り、免許を取得するまでに4脚ほどハードルを倒したことを記しておきたい。

そして、タクシー教習の時にもこう言われた。

「はい、もうちょっと元気よく走ろうか！」

公共交通機関を運転される方は本当に偉大です。

32「ムショーニ」現象

◆56歳の頃

世界では日々新たな学説が唱えられている。

我が国「日本」でも、つい先日「ムショーニ現象」についての学術論文が発表された。

論文の導入は庶民の会話から始まる。

「ほら、あの店のカレー、月に一度くらいムショーニ食べたくなるんだよね」

「オレも！　なぜだか夜中にムショーニ恋しくなってわざわざ車で食いにいくんだよね、あの店のラーメン」

「あたしも！　隣の駅ケーキ屋さんのシュークリーム、思い出すとムショーニ恋しくてひと駅歩いちゃうのよね」

などなど。

世の中にはどうやら「ムショーニ」食べたくなるものが存在するらしい。

論文の著者「グルメトール博士」によると、こうした食べ物に共通することとして、
①味付けの濃いもの
②長い間食べ続けてきたもの
③何かをきっかけに記憶が呼び起されるもの――の三つが挙げられるとのことだ。

博多出身で東京に単身赴任しているサラリーマンが、「酒を飲んだ後に故郷で毎週のように食べていた濃厚トンコツラーメンがムショーニ恋しくなる」などは最もポピュラーな事例であろう。

このほかに「食べ合わせ」も関係してくるようだ。

僕の場合でいうと、普段は炭酸飲料はめったに飲まないのだが、ピザを食べる時だけは「ムショーニ」ジンジャーエールが飲みたくなる。これまためったに飲まない牛乳だが、モスバーガーを食べる時だけは「ムショーニ」飲みたくなるのだ。

「ムショーニ効果」の最も現れる食べ物と言えばやはりラーメンだろう。

真夏の熱帯夜、時刻は夜中の1時過ぎである。僕に「ムショーニ現象」が表れた。

きっかけは、連日の35度を超える猛暑とダイエットへの挑戦であった。

右記の理由から、僕は1週間ほど減食とあっさり系の食事を続けていた。

朝はサンドウィッチ、昼は冷やし中華、夜はおにぎりというメニューだ。

おかげさまで3キロほどの減量には成功したが心なしか肌もパサパサしてきたようだ。

極端なダイエットは体によくないとはいうが、何か月かに一度プチ断食を行うと体調がよくなるのだ。

同時に食べ物への感謝の念も甦る。


夜は減量週間5日目であった。


突然頭に「ラーメン」の画像が浮かぶ。

ラーメンと映画は人によって好みが全く違う。

どんなに面白いと評判でも僕はホラー映画は見たくない。

同様に、どんなに美味しいと評判のトンコツラーメンでもあっさり醤油味が好きな人には共感できないだろう。


僕は食いしん坊なので基本的に食べられないものはない。

「ゲテモノ系」以外ならば出されたものは残さず食べる。

ラーメンならば「こってり」「あっさり」「味噌」「塩」「醤油」何でもOKである。

しかし、この日頭に浮かんだのはとあるお店の「トンコツ醤油チャーシューメン」であった。

頭に浮かんだこのラーメンだけが「ムショーニ」食べたいのだ！

しかも、ラーメンのいいところは、こうして真夜中に食べたくなってもお店が開いているところだ。

明け方まで開いている店も少なくない。

これが、

「銀座の名店『すきやばし次郎』の親父の握る大トロ」がムショーニ食べたいとあっても悶絶する以外にない。


「行こうか……行くまいか」しばし迷う……。

所は車で約20分……歩けば1時間半はかかる。

でも、ムショーニ！　食べたい!!

もし、かりに、家の隣に味噌ラーメンの名店があったとしても、この時の僕の頭には「トンコツ醤油チャーシューメン」しかないのだ。このあたりが「ムショーニ症候群」である。


恐るべし「ムショーニ現象」！

恐るべし「ムショーニ効果」!!

考えた末に結論が出た。

「行くっ！！！！」


というわけで夜中の1時過ぎ、僕はおもむろに車を発進させた。

道中も頭の中では「トンコツ醤油チャーシューメン」の画像が走馬灯のように廻り続ける。

このお店のチャーシューメンはチャーシューがドンブリからはみ出しているのだ！

口に入れるとハラリと溶けるのだ！

画像はさらに鮮明になり味は細部まで詳細に甦る。

ゴクリとのどが鳴る。


時折ひっかかる信号待ちがもどかしい。

口の中も、頭の中も、全身がトンコツ醤油チャーシューメンに浸食されている。

一抹の不安もよぎる。

もし……もしも……定休日だったら……ここまで盛り上がった思いをどう晴らせばいいのだ！

車を走らせること約20分……。

やがて、道路のかなたに店の灯りが見えた！


（やった!!）


車を停めた後、僕はアドレナリンを全開にして店の扉を開ける。

「いらっしゃいませ！」

いつ来てもこの店の店員さんはとても元気がよくて気持ちがいいのだ。

食券を買いお兄さんへ手渡す
「麺、硬めで、あとライスも！」
「はい!!　チャーシューメン硬め一丁!!　ライス一丁!!」
お兄さんの威勢のいい声で僕の注文が復唱された。

待つこと5分弱、

「チャーシューメン硬め、おまっとうさん！」

こうして「ムショーニ現象」に誘われた僕の夜中の饗宴は無事に幕を開けたのであった。

みなさんの「ムショーニメニュー」は何ですか？

33　Yちゃんの宅急便

◆22歳の頃

血液型による性格診断というのがある。

星占いや干支は100パーセント非科学的と言ってもいい。

僕は辰年のみずがめ座だが、世の中の辰年生まれが全員同じ運勢のわけはないし、朝のワイドショーで、

「今日のラッキー星座第一位は、みずがめ座!!」

と言われても、きっとラッキーな人もアンラッキーな人もいるに違いない。かといって「そん

なものはナンセンスだね」などと目くじらたてて否定するのも大人げない、信じる人が気楽に楽しめばそれでいいと思う。

血液型は星占いや干支などに比べると若干科学的根拠がありそうだ。血液型という名前があるが、聞くところによると、例えばＡ型の人は体中の物質すべてがＡ型なのだそうだ、皮膚も、骨も、爪も、全てがＡ型物質から成っている。そう考えると「気質」というものが違ってもおかしくはない。

日本人にはＡ型が多い、ドイツ人もＡ型が多い、ブラジルやイタリアはＯ型が多いらしい。そう聞くと民族性に共通点があるような気がする。

僕はＢ型である。性格診断の本を読むとあまりいい事が書かれていない。

●マイペースでわがまま
●空気が読めない
●嫌われ者が多い――など散々である。

その中で、自分でも当たっているかなと思う診断に、

●熱しやすく冷めやすい――というのがある。

これには、
「おみそれしました」
「一切言い訳はいたしません」
「おっしゃる通りでございます」

全面的に降参する次第である。

小さい頃から興味があるものにはすぐに飛びつき、しばらくするとそれは無用の長物と化している。独身時代の僕の部屋には通販で買った「ぶら下がり健康器」が洋服掛けと化し、苦労せずに腹筋が鍛えられる「インナーマッスル」は埃にまみれて押し入れの肥やしとなっていたものだ。

そんなB型の僕は動物を飼うのにも向いていない。小学生の頃、僕が大好きだった生き物に「カエル」と「カメ」がいる。アメリカザリガニも好きだった、捕まえて見ていると心が癒されるのだ。

カエルは近所の池で簡単に捕まえられたし、カメは縁日で買ってきたミドリガメや、これまた時たま池で見つけたイシガメなどを捕まえて持ち帰っては嬉々としていた。

ここからが楽しい、大きめの水槽を用意し、ビオトープやテラリウムよろしく、砂利を敷いたり、水草を植えたりと、カエル君やカメ君の住宅作りに勤しむ。この辺りはプラモデル作りの楽しみに似ている、出来るまでが最も楽しい。

出来上がった住宅にカエル君やカメ君を入居させ満足感に浸る。ここで僕の興味の半分は終わってしまうのだ。それでも何日間かはエサをあげ食べるところを見ては「かわいいなー」と目を細める。

しかし、ここからがいけない。１週間もすると僕の興味はほぼ無くなり、水槽の掃除もしなくなってくる。そのうちに水槽から悪臭が漂い、さらに日が過ぎると、水槽の周りは苔むして外からの観察は不可能になってくる。中は想像するにバイオハザード状態である。

ふたを開けるのがほとんど恐怖となる↓したがって水槽に近づかない↓水槽のジャングル化が進む↓最後にはゾンビの館と化す↓水槽の事を思うだけで恐れおののく。

この時点で僕の気持ちは２００パーセント「超ブルー」だ。

「掃除しなくちゃ……」

「でも、ふた開けるの怖い……」
「でも、このままじゃカエル君やカメ君が……」

この時点ですでにカエル君やカメ君の安否すら不明なのだ。動物愛護協会の方にお叱りを受ける事間違いなしだが、小学校時代の僕はこの点において、のび太君以上に無責任でダメな子供であった。

結末はほぼ次の通りとなる。僕は最終的に裏庭の井戸まで水槽を持っていき、井戸水のポンプを力任せにこぎ続けるという最終手段に出ることになる。

大洪水を起こすことで水槽に手を触れずに水圧でゾンビの館を粉砕しようという神をも恐れぬ所業に出るのだ。カエル君の生存率はほぼ0パーセント、カメ君は逆に100パーセント生きていたが、そのまま裏庭へと旅立っていく。

この上なく無責任な飼い主は学習することもなく毎年のように同じ過ちを犯し、そして深く反省し心に誓うのであった。

(カエル君、カメ君、ごめんなさい、もう僕は生き物は飼いません)

ちなみにこれがB型の性格だと言ったら全国のB型の人にまたまた怒られそうなので訂正しま

す、これはあくまで「僕」の性格です。

過ちに気付いた少年はその後生き物を飼うことなく青春期を過ごした。

さて、そんな僕があるきっかけで再び生き物を飼うことになったのは小学校を卒業してから10年後の事である。

僕は新任の先生としてとある中学校に赴任した。初めて担任したクラスの中に一人物静かな女の子がいた。Ｙちゃんと言い、やせていて、背も小さく、同じクラスにただ一人だけ話せる女の子がいた。その子以外とは、学校でほとんど口をきくのを見たことがなかった。

家庭的にも恵まれていなかった彼女に僕は意識して声をかけるようにした。すると1か月ほど経つと僕に少しずつ自分の事を話してくれるようになった。

「うちは、お母さんと二人きりなの」

「へー、そうなんだ」

「お母さんは仕事してるから夜も遅いよ」

「ちょっぴりさびしいね」

「あたしね、将来は女子プロになるの」

「えっ女子プロって？」

「女子プロレスだよ」

「……いいんじゃない」

かなり驚いた。クラスで一番小柄で体も細い彼女の口から女子プロという言葉が出てくることが想像つかなかったからだ。

「何で女子プロなの」

「うん、あたし弱いから、強くなりたいの」

「なるほど」

「でもね、お母さんが許してくれないんだ」

どうやらただの夢ではなく本人はかなり本気で考えているらしい。

「がんばれ、応援するよ」

「ありがとう」

それから半年ほど過ぎた秋の終わりの日曜日、時間は午後の3時ぐらいだったろうか、僕のアパートの電話が鳴った。

「先生、大変、来てくれる？」

電話は、先の彼女の唯一の友達である女の子からであった。

「Yちゃんがね、家出したの」

「えっ、家出？」

「女子プロの事知ってる？」

「うん」

「お母さんが反対して、それでね、ケンカして飛び出したらしいの」

「分かった、すぐ行くから校門の前で待っててくれ」

僕はすぐさまチャリンコに乗って学校へ行き、彼女と落ち合った。

「当てはある？」

「この辺で行きそうな所は全部行ってみたけど……」

「ほかには？」

「あと一つだけ」

「どこ?」

「川を越えた先にある土手の横の公園、時々あたしと行くんだ」

「よし、行ってみよう」


僕と彼女は20分ほどチャリンコを飛ばし、土手の公園を目指した。

はたして、Yちゃんはそこにいた。

中学1年生が家出して一人で行けるところはそんなに多くないのだ。


「よかった」

僕らと目が合うとYちゃんは目にいっぱい涙をためて、それでもかすかに微笑んだ。


「心配したよ」

「ごめんなさい……」

「家に帰れる?」

「うん」

「えらいぞ」

家まで連れて行ってお母さんと話そうとも考えたが、彼女の様子を見て、大ごとにしないほうがいいと判断。あらためてアパートの住所と電話番号をメモして渡した。

「家出したくなったら連絡するんだよ」

そして、友達に家まで送り届けてくれるよう頼んでアパートに帰った。

さて、次の日の朝の事だ。

朝刊を取りにアパートのドアを開けると玄関に何かが置いてある。

何かと思って見てみるとそれは鳥かごであった。

まさか自分宛のものとは思わず、そのままにして部屋に戻ると、留守電のランプが点滅している。記録を見ると早朝の電話で、どうやらぐっすり眠っていて気付かなかったようだ。

再生ボタンを押すと、10秒余りの短いメッセージが流れた。

「先生、きのうはありがとう、インコが卵を産んだのであげます」

まだ暗いうちに家を抜け出して届けてくれたらしい。
僕はちょっぴり心がほっこりして、外の鳥かごを部屋の中に持ってきた。
かごの中の藁敷きの巣の中にセキセイインコの卵らしきものが二つ見えた。
(こいつは孵してやらんとまずいぞ……)
それからどれくらい経った後かもう記憶にないが、卵は無事に孵った。
僕は10年ぶりに生き物を飼うことになった。

34　血なまぐさいお話

◆4歳の頃

血を見るのは誰でも苦手だ。

血を見るのが三度の飯より大好きだという人はそうはいないだろう。

たとえいたとしてもあまりお友達にはなりたくない。

出産を経験しない分、男の方が血には弱いらしい。

僕もどちらかというと……というか……断然弱い気がする。

中学校でフナの解剖をした時も気分が悪くなった。

4歳の時に交通事故で血まみれになった苦い過去もある。

手術なるものも3回ほど経験した。うち一度は麻酔が効かぬままお尻をメスで切られるといった、なかなか経験できない貴重な体験である。

最も近い手術は20年ほど前の事だ。

自宅の前で日曜日にバスケットボールでドリブルの真似事などをしていた時である。不規則にバウンドしたボールが不意に右手の薬指を直撃した。激痛が走る。

「あ、折れた……」

人生で一度も骨折経験のなかった僕だが、一瞬にしてそれが分かったのだ。それは経験則に拠らない、直感であり、しかも確信でもあった。

見る見るうちに指が腫れ上がった。

(い……いたいです……)

というわけで、近所の整形外科に駆け込む。救急で診てもらうと予想通り骨折とのこと。

「じゃ、手術します」

というわけで、僕は人生三度目の手術とあいなった。

一度目は4歳、しかも交通事故のあとの出血多量で意識もなく、したがって恐怖の記憶は皆無である。

二度目はこれまた交通事故によるものだ。

「お尻に鉄のボルトが7センチも刺さっちゃった事件」であり

「手術するとき麻酔が効いてなくてとっても痛かった事件」である。

この時は逆に「怖かった」という記憶でいっぱいだ。

交通事故に関してはこの他にも2回ほど経験した、全くもって反省のない人生を歩んでいる気がする。

今回の手術の特徴は、リアルタイムで見学が可能だということである。

先生がレントゲン写真を見ながらこうおっしゃった。

「ほら、ここが折れてるでしょ」

「はい」

「すぐにはくっつかないから、針金を縦に入れてね、骨を固定するの」

「えっ……」

「1か月くらいするとくっつくから、そしたら針金をまた抜くの」

この時点で気の弱い僕は卒倒寸前である。

「指の先から針金が出るようになるからギブスで固定して、薬指だけは1か月お風呂禁止かな」

（指先から針金が飛び出したまま1か月……ひえーーー!!）

ホラー映画のような恐ろしい光景を先生は淡々と説明される。

僕はその場で観念した。

（煮るなり、焼くなり、ご自由にしてください……）

そして、手術が始まった。

手術は椅子に座ったまま行われる。右手を台の上に差し出す感じでのっける。もちろん部分麻酔なので、自分の指が「切られ」「針金を入れられ」「骨と固定され」「その後縫合され」という一連の手術を見ようと思えばリアルタイムで見られるわけである。

ブラックジャックが鏡を見ながら自分で自分を手術するのに比べれば屁でもないだろうが血が苦手な僕にとっては十分な恐怖だ。

「じゃ、やりましょうか、20分もあれば終わるから」

「カーテンしますけど、見たかったら見ててもいいですよ」

「いえ……けっこうです……」

僕は丁重にお断りし、手術は始まった。

カーテン越しだが、今度は見えない分だけちょっと怖い。

麻酔はちゃんと効いており、痛みはないが、それでも指を切られる感覚、針金であろう異物が指に入る感覚などは十分に分かる。

そして、テーブルの上に次第に積み重なっていく血染めのガーゼ……。

これが目には行った時……僕は思った。


（やっぱり、血は苦手です……）

手術は無事に成功し、その後僕は1か月ほど、指から針金が飛び出た「ミニフランケンシュタイン」の気分を味わうこととなる。


足を骨折して長い間ギブスをしているとギブスをとってもしばらくは歩けなくなると聞く。僕の指もそうだった。一か月針金君が入って伸びっ放しになっていたわけで、再手術して針金を抜いた後も薬指だけは電信柱のように突っ張って立ちそびえている。

ここで、指を曲げるリハビリが必要だったのだ。ブラックジャックだって全身の大手術の後に、死ぬ思いでリハビリに励んでいた。それに引き替えこの僕はたかが指一本であるにもかかわらずどうにも痛くてサボってしまった。おかげで20年経った今も第一関節が曲がらないままである。

ブラックジャックは偉大だ。

今でも指の甲には手術の傷あとがくっきりと残っている。

さて、血なまぐさいお話はさらに半世紀近くタイムスリップする。

一部を除いて記憶が鮮明でないので、正確さに欠ける部分があるかもしれない。もしかしたら、かすかな記憶が誇張されて残っているかもしれないが、新聞記事を書くわけではないのでその点はどうかご容赦願いたい。

おぼろげな記憶がある。

小学校に入る前の事だ。

白昼、家の近所にパトカーのサイレンの音が聞こえた。

当時のサイレンは「ピーポーピーポー」ではなく、消防車同様「ウーウー」といううなり声だった気がする。

(おや、何かあったな?)

少年の好奇心が疼いた。

（何だか騒がしいぞ……）

少年は二階の窓から顔をのぞかせてみた。

（人だかりがしている）


見ると１００メートルほど先の住宅街の交差点付近、パトライトの点滅と警官らしき人の姿、それを取り巻く野次馬のごとき人垣。

（事件だ！　これは見に行かねば）

少年探偵団の小林少年よろしく、僕は使命感と好奇心に煽られ家を飛び出した。


人垣のそばまで駆けつけるが背の低い少年には先の光景が目に入らない、その時さらに救急車がサイレンを鳴らして到着した。何があったかは分からないが子供心にもただならぬ雰囲気を感じる。

少年は大人の波をかき分け、野次馬根性丸出しで人ごみをかき分けて前へと進んでいった。


その時である！

少年の目にとんでもない光景が飛び込んできた。

それは「真っ赤な」物体だった。

一瞬何があったか分からず目を凝らすとそれは……、

「血だらけの人間」だったのだ！


両サイドを警官に抱えられるようにして初老のやせた男が歩いている。

男は白いステテコ姿なのだが、そのステテコが全身真っ赤に血で染まっているのだ！

（ひえーーこわいよー）

僕のおぼろげな記憶では、真っ赤な男は警官に付き添われながらも自力で歩いて救急車の中に入っていった。


救急車に乗り込む瞬間、男の目と少年の目が一瞬衝突する。

その瞬間の映像がまるでシャッターを切ったかのように切り取られ、少年の頭の中に刻みこまれた。すこし髪の薄い頭、しわの寄った痩せた顔、そして何より真っ白なステテコを染めた鮮血の赤！

僕の頭にこの映像だけが強烈に残っている。

うわさによれば、何かのトラブルで男同士が刃物を持って格闘したのだという。それ以上の事は定かではない。

何はともあれ血なまぐさいお話である。

あっ、ちょっとめまいが……。

35　幻の先生

◆6歳の頃

学生時代、大学の掲示板を見に行った時、学業にあまり熱心でなかった僕はまずは休講の張り紙を探す。見つけた瞬間心の中で小さくガッツポーズ、公然と授業が休めるのは不謹慎ながら「得した」気分であった。大学の授業は大抵は90分、2コマ続きだったりすると、3時間も自由時間が降ってくるわけである。

友人の前では、

「この教授は休講が多い、けしからんな」

などと嘯きつつ、心の中では（さて何しようかな）とウキウキ気分に浸るのである。

さしてすることもないのだが、この降って湧いたような公然の自由時間というのは社会人になるとなかなか体験できないもので、強いて挙げれば台風が上陸する日に「今日は定時前に帰って良し！」などという指令が出た時くらいだろうか。

高校時代に遡ると、先生が休みになると「自習」ということになる。大学と違って外へ出ることが出来ないので「ウキウキ感」はさほどでもないが、それでも教室には「やったー」という歓声が上がる。

僕の通っていたのはとある都立高校で、当時の都立高校は本当にいい加減だった。僕の高校には掃除当番が無く、一学期に一度、学期末の大掃除にしか掃除をしなかった（これ、信じられないでしょうが本当です）ので教室は埃だらけゴミだらけであった。

雨が降ると必ず休む地学の先生がいた。

「今日は大雨だぞ」
「地学は自習だな」

などと話しているとほぼ9割方その通りになる。

進路指導などというものは皆無に等しく、僕が大学に合格した際に一応担任の先生には報告しておくかと思い数学の教官室に出かけた際も。

「先生、大学合格しました」

するとこの担任のS先生、椅子に座ったままやおら振り向くと、一言。

「あ、そう」……とのたまった。

もちろん中には熱心な先生もいた事はいたのだが、僕の教わった先生たちは典型的な「でもしか先生」ばかりであった。

時代はさらに遡り小学校1年生。

この頃の僕はもちろんまだ純朴な少年であり、毎日マジメに勉学にいそしんでいた。何より担任のM先生が大好きだったのだ。

50前後のベテランの先生で面白くてとても優しかった。それでいて怒るときはしっかりと怒る先生で、あまりにひどいいたずらをすると「破門」といって、教室を追い出されて隣のクラスに入れられて放課後まで帰って来られなかった。現代なら「人権問題」と非難もされようが、当時は「破門されないようにしなくちゃ」と背筋を伸ばしたものだ。

二学期のある朝、教室に校長先生が入ってきた。

「あれ、M先生どうしたのかな」

僕はちょっぴり不安になり校長先生の顔をじっと見つめる。

校長先生は穏やかな口調でこう話し始めた。

「おはようございます、今日、担任のM先生は風邪でお休みです、1年1組のみなさんにとって、M先生がお休みになるのは初めてですね。今日は午前中、代わりの先生が二人、2時間ずつ教えてください。心配しないでしっかりと勉強してください」

校長先生が教室から出ていくと教室中がざわざわとし始めた。

「M先生お休みだって」
「大丈夫かな」
「M先生じゃないといやだよ」
「あたしも」

僕も含めてみんなが心配になった、みんな先生が大好きだった。みんな不安そうな顔をしている。人見知りの僕は誰よりも心配だった。

M先生はこれまで休んだことが無かったので、1組の僕らにとっては違う先生に教わるというのは音楽の時間を除いては初めての経験だったのだ。

「だれが来るんだろう」

「もしかして、K先生?」

K先生とは泣く子も黙る超スパルタ主義の先生で二つ隣の3組を担任していた。そのスパルタぶりを噂に聞くにつけ(ああ、1組でよかった……)と常に僕らは胸をなでおろしていたのだ。

今考えれば他のクラスの担任の先生が来ることはまずないのだが、僕らは心から心配になった。

1時間目のチャイムが鳴る。僕らは緊張しながら先生を待った。

教室の扉が開く、固唾をのんで入ってくる先生を僕らは見つめた。

「おはよう!」

入ってきたのはK先生ではなく、初めて見る先生だった。40歳くらいだろうか、怖くはなさそうだ。

(よかった、K先生じゃなくて)僕を含めてみんなそう思ったはずだ。

先生は挨拶を終えると僕らにこう話した。

「今日は勉強を教えに来たんだけど、皆さんと会うのは初めてだし、めったに会うこともないので今日はお話を聞いてもらおうと思います」

（おはなし？）

僕らがきょとんとしていると、先生は手提げ袋の中から大きな画用紙のようなものを出すと、

「先生が作った紙芝居です」

といって紙芝居を始めたのである。僕のかすかな記憶では休み時間をはさんで四つの紙芝居を聞かせてくれたのだ。僕らは夢中になって話に聞き入った。学校の授業時間に紙芝居を見せてもらえるなんてこれまた初めての体験であった。

一つだけストーリーを覚えていた。

題名は「かばのうどんこ」

男の子がケンカをして道沿いのコンクリート塀にケンカした相手の名前をロウセキで大きく落書きする。

「こんどうのばか」

近藤君とケンカをしたわけですね。

そこにお蕎麦屋さんが通りかかる。

逆方面からやって来たお蕎麦屋さんの出前持ちのお兄さんが落書きに気付き目で追いかける、声に出してみる。

「かばのうどんこ」

「なんだい、こりゃ？」

というお話である。なんてことない話だが、この先生とても読み方が上手で教室中が笑い声に包まれた。後から知ったことだが、詩人の「まど・みちお」さんの詩がこのお話の原作である。

あっというまに2時間が過ぎた、もちろん紙芝居以外にも何かやったのだと思うが、お話の印象が強くて思い出せない。

「じゃ、これでおしまい」といって先生は出て行った。


「楽しかったな」

「うん、勉強より楽しい」


中休みの時間、僕たちは紙芝居の余韻に酔いながら話した。


「次はどんな先生がくるのかな？」

「うん、さんすうだからぷりんととかやるんじゃない」

2時間も勉強をやらずに楽しい紙芝居が聞けたのだ、子供ながらに次の2時間は勉強するに違いないと思うのは自然だろう。

3時間目のチャイムが鳴り、再び教室の扉が開いた。

先生が入ってきた。

一瞬僕らは驚き先生を見つめた。

髪の毛は真っ白、おじいちゃんといっていい、顔はやせていてしわが沢山ある。しかし、僕らが目を丸くしたのは先生の姿かたちではなかった。

先生の肩に小さな子供が乗っているのだ。
僕らは本当に目を丸くしてじっとその子を見つめた。
すると、その子が突然しゃべりだした！

「こんにちは！　はじめまして！」

よく見ると、何だか変だ。
口のあたりが割れているように見える。
そう、その子は腹話術の人形だったのである。
何と二人目の先生は腹話術の先生だったのだ！

教室中から歓声が上がった。
歓声に応えるように人形がしゃべる、自己紹介から始まってとにかくよくしゃべる、もちろん先生が声を出しているのだが、1年生にとってはそんなこと分からないわけでひたすら楽しいだけである。

先生は最初から最後まで腹話術を使って授業をした、授業の内容なんてまるで覚えていない。
僕らはその楽しい話芸の世界に引き込まれ、魅了された。これまたあっという間の2時間だった。

「じゃ、これでおしまい、さようなら」

腹話術先生は人形と一緒にお辞儀をして教室を出て行った。
何だか夢のような半日が過ぎ、給食の時間は校長先生が来てくれた。
僕らは給食を食べながら話した。

「今日はおもしろかったね」
「うん、最高だったね」

僕を含めたクラスのみんながきっとこう思っていたんじゃないかと思う。

（M先生は大好きだけど……たまにはお休みしてもいいかなぁ……）

しかし、僕らがこの二人の先生に会うことは二度となかった、学校の中で見かけることも二度となかった。たまたま、何かの機会に来ていた嘱託の先生に校長先生が授業を頼んだのであろうか、今となっては想像するしかない。

僕にとって記憶に鮮明な、素敵な「幻の先生」である。

36 「NO」と言えるニッポン

◆24歳の頃

かつて『「NO」と言える日本』という本が大ベストセラーになった。確か石原慎太郎氏とソニーの会長だった盛田昭夫氏の共著であったと記憶している。グローバル社会において自分の意志をはっきりと伝えることは大切なことである。

「NO」というのは簡単なようで難しい。

日本人は優しいので無下に断るのは相手を傷つけるのではないかと思いやる。そこで婉曲な表現が多用されるわけだ。物事をはっきり述べる欧米人には特別な辞書が必要だろう。

「今日はちょっと……」↓誘われたけど行きませんよ。
「じゃ、またの機会に」↓もう二度と会うことはないでしょうけどね。
「日が暮れてきましたね」↓そろそろ帰ってくださいな。

てな具合だ。日本人なら言葉の真意を推察し、相手の発言の意図を見事に汲み取る、いわゆる「察し」の文化である。

こうした言い回しを正確に訳してくれる「スーパー翻訳機」ができれば外国人ビジネスマンにとって重宝なものとなるだろう。

かくいう僕も「NO」と言えない日本人の一人である。

社会人となり、一人暮らしを初めて1年ほど経ったある日のことである。
日曜日の午後、まったりとテレビなどを見ていた。季節は冬である。ニュースでは「木枯らし1号」が吹いたとか、やれ天気図は西高東低だとか、いかにもこれから「冬が来ますよ」というムード。

ちなみに僕の独身一人生活は「ズボラ」の極みであった。食事はほぼ外食、したがって調理器具がない。一度友達が我が家へやってきて鍋パーティーをしようと材料を買ってきてくれたが、包丁がない、この時は文房具箱の中からボンナイフを取り出して調理に当たった。

「お前のうちにはモノがなさすぎる」とは友人の弁である。

洗濯が面倒くさくて洗濯機もない、しかし、洗濯しないわけにもいかず僕は悩んだ挙句次のような方法をとっていた。

下着や靴下を一か月分用意して、月に一度、巨大で真っ黒なゴミ袋いっぱいに洗濯物を入れて車で近くのコインランドリーに行くのだ。これだと月に一度だけ洗濯すればいい。しかし、この1日は大変であった。ほぼ半日コインランドリーに座り込み、洗濯と乾燥を繰り返さねばならなかった。

月に一度巨大な黒い袋を担いで現れる僕のことを人は「センタクロース」と呼んだ（失礼）。

暖房器具は小さな電気ストーブが一つ、さすがに冬は寒いので寝るときは靴下を履き、服を着たまま寝たものである。

ノックの音がした。

「こんにちは」

（誰だろう……）

「どちら様ですか？」

「布団のご紹介にうかがいました」

「布団……ですか？」

いわゆる訪問販売だ。常識的な皆さんは決してここでドアを開けたりしない、物騒な世の中である、女性などはインターホン越しにその場できっぱりとお引き取り願うに違いない。

ところが、一人暮らし歴約1年のこの青年にとって、こうした訪問販売は生まれて初めての経験なのだ。

しかも、外は木枯らしが吹き、我が家の布団は夏仕様だ（布団か……あってもいいかな……）。

先ほどのニュースといい、タイミングも青年の意志を揺るがせるに絶好だった。

「お話だけでも聞いて頂けませんか」

ドアの外から丁寧な言葉でドアの開錠が促される。

「まっ……話だけなら……」

青年は禁断の扉を開けてしまう。セールスマンはこの時点でほくそ笑んだに違いない。

（しめしめ……飛んで火にいる夏の虫、ここでドアを開けたが百年目）

さて、セールスマンは初め玄関の三和土で、カタログを片手に羽毛布団の素晴らしさを力説し始めた。今の僕ならば、この時点で「間に合ってます」とお引き取り願うが、当時は社会経験貧しい意志薄弱な青年である。

（何だか一生懸命話してくれるし、聞かなくちゃ悪いかなぁ……）

これを世の中では「お人好し」または「世間知らず」という。

ひとしきり説明を終えたあとで、セールスマン氏はこうのたまった。

「よかったら、今日はちょうど見本があるんですよ！　さわるだけでもさわってみませんか」

氏は満面に笑みを浮かべつつ僕に「試着」を勧めた。

「はあ……まぁ、さわるだけなら……」

この時点でセールスマン氏の勝利は目に見えた、選挙ならば「当確」のバラが飾られたはずである。氏も（よしよし、どうやら今日のノルマは達成できたぞ、イッシッシ……）と心の中でつぶやいたことであろう。

程なくして、一度玄関から出て行ったセールスマン氏は、大きな収納袋に入った羽毛布団を何と「ふた組！」抱えて戻ってきた。

「では、中でご説明を……」

というわけで、我が独身アパートの６畳間に、「ふた組」の羽毛布団が広げられ、セールスマン氏の熟達した営業トークが始まった。

「羽毛布団の暖かさといったら！　一度体験したらやめられません！」

「しかも軽くて、干さなくても大丈夫！」

「今日はとびきりの品物を手頃なお値段でご用意しました」

この状況で、

「やっぱり要りません、お引き取りください」

と言える人が将来ソニーの会長や東京都知事になるのであろう。

「お買い上げありがとうございます」
「ところで、お値段は」
「はい、20万円となります」
「に、にじゅうまんえん!!（ﾟДﾟ）」
「分割もご用意しております、本日は現金は必要ありませんから」
「はあ」

訪問販売初心者の青年と海千山千の熟練セールスマンの勝負は圧倒的大差でセールスマンに軍配が上がった。野球で言えばコールド負けである。

僕はセールスマン氏が帰ったあと、目の前の羽毛布団を見ながら20万円の契約書と自分の意志の薄弱さにため息をついた。

品物は有名メーカーの確かなものだったが、何しろ20万である、今なら1万円も出せば手に入るものではないか。

青年は一つ学習をした。

「よし、訪問販売が来ても決してドアを開けてはならぬ！」

「ドアを開けた時点で勝負が決まる！」

「セールスマンに負けるまじ！」


それから1週間ほど経ったある夜、再びノックの音がした。


（さては、訪問販売……）

（よし、今日は絶対にドアを開けてなるものか）

（氷のように冷たく「お引き取りください……」と言い放つのだ）


「どなたですか？」

「○○新聞デス、シンブントッテクダサイ」

どうやら新聞の拡張員らしい。

「間に合ってます、お引き取りください」

（よし！　言えたぞ！　オレもやれば出来るじゃないか！）


と自分で自分を褒めたその時である。ドア越しに何だか、か細い声が聞こえる。聞き耳を立ててみると泣き声にも聞こえる。

「どうしたんですか？」

僕はドア越しに声をかけてみた。

「ワタシ、スリランカカラキマシタ、ハタラキナガラベンキョウシテイマス」

どうやら、アジアから来た留学生のバイトのようだ。

「シンブントッテクレナイト、ワタシ、カエレマセン」

そして、すすり泣く声……。

僕の頭に様々な単語が浮かぶ。

（苦学生・仕送り・授業料未払い・強制送還……）

この瞬間、先ほどの固い決意がもろくも崩れ去る。

僕は人情には弱いのだ。

僕はゆっくりとドアを開けた。

これがはたして彼の心からの願いだったのか、はたまた巧妙な演技だったのかは今となっては知る由もない。

翌日から1年間、僕の家のポストに朝刊が入るようになった。

『「NO」と言える日本』、何十年かぶりに読み直してみようかな。

37　楽しきかな！「人間モルモット」

◆20歳の頃

「おい、バイトの話があるんだけど、やらないか？」

友人のA君から声がかかったのは20歳のとある日の事であった。

当時、日々の学生生活を様々なアルバイトによって支えていた僕である。4年間続けた仕事から短期の仕事まで併せるとその種類は30以上になる。社会勉強という大義名分を掲げてはお金を稼いでは旅に出ていた。いかに勉強していなかったか今思い返せば懺悔の日々である。

この時も渡りに船とばかりに二つ返事で快諾した。

「ありがと、ところでどんな仕事だ？」

「うん、オレも誘われた口なんだけど、何でも病院での仕事らしい、時給も高いらしいぞ」

「病院？　時給が高い？」

数多くのバイトを経験した僕は一瞬いぶかった。当時の大学生なら誰でも一度は聞いた事がある「都市伝説」が頭をよぎったからだ。

「まさか……『あれ』……じゃないよな？」

『あれ』というのは、当時高級バイトとして有名だった「死体洗い」の仕事である。誰一人としてやったことがないのだが、学生の間では「高級だが友達をなくす二大バイト」の一つとしてまことしやかに語られていた有名な話である。

病院の地下にホルマリンのプールがあり、そこに変死した人や、事故死した人の死体が流れてくる、それを解剖する前にきれいに背中を流してあげるというもので、噂によれば一体洗うごとに2万円という話であった。

銭湯で女性の背中を流す昔ながらの三助さんなら、逆にお金を払ってもいいという人もあろうが、何しろ相手は仏様である。加えて、事故で亡くなった方は見るも恐ろしいホラー映画もどきのお姿をしているそうだと、これまたまことしやかに噂されていた。バイトの語り草としては東の横綱と言ったところである。

ちなみに西の横綱は「バキュームカーの清掃」で、これまた本当かどうか定かではないが、バキュームカーのタンクの中に全身ウェットスーツのようなものを着て、さらにはゴーグルをつけて潜入し、中からホースで洗い流すという考えただけでもおぞましいお仕事である。

「時給はいいけど、一度やると1週間は匂いが取れないから友達失くすぞ」という台詞が必ず付いて回った。今考えるとそんな掃除の仕方など常識的に考えられない気がするが、酒の席の話のネタとして語られては盛り上がっていたものである。

僕が「病院のバイト」と聞いていぶかしがったのは、この「都市伝説」を思い出したからであった。

「大丈夫かよ？」

「たぶん違うんじゃないか、『あれ』って夜中の仕事だろ？　今回は昼だから」

この「夜中の仕事」というのも全くの噂である、確かに太陽燦燦の昼間よりも、夜中のホルマリンプールの方が話としては5倍くらいハクがつく感じではある。

「とにかく行ってみようぜ、本当に怖い仕事なら謝って帰ればいいじゃん、二人でなら何とかなるじゃん」とA君がいかにも軽口でいうので、

「そうだな、やる前から怖がったってしかたないじゃん、今月ピンチでお金ないじゃん」

と僕も気が楽になり、無事に商談は成立し、「さあ、いくじゃん」といいながら翌日二人はいそいそと病院へと出かけていったのであった。


当日である。


都内のとある総合病院、時刻は朝の7時半、初夏の太陽がさわやかに降り注ぎ（こんなにいい天気なのに死体洗うわけないじゃん）などと全く根拠のない理屈のもと僕らは受付に向かった。

「おはようございます、あの……バイトできたんですけど」

「あ、聞いてます。この先に処置室という部屋があるので、そこで待っていてください」

「処置室？」

「処置室」というネーミングに再び「死体洗い」の映像が頭をよぎる。

「おい、処置室って言ったぞ……やっぱり『あれ』なんじゃないか？」

「どうする……『あれ』だったら……」

（やっぱ、こわいじゃん）

言われた部屋のドアを恐る恐る開けてみると、そこは以外にも明るく広々とした清潔感溢れる部屋であった。

（よかった……ホルマリンのプールじゃなくて）

よく考えてみると、総合病院の入口付近の部屋にホルマリンのプールがあって死体が浮いているはずはないのである、しかし、僕の頭の中にはあの「都市伝説」が強烈に植えつけられていたのだ。

部屋の中には僕とA君のほかに同じような大学生が二人。

「おはようございます」

「おはようございます」

「今日の仕事ってどんな仕事か知ってます？」

僕らは二人に聞いてみた。

「いや、僕たちも知らないんです、とにかく行ってこいって」

結局、だれも仕事の内容を知らないまま、壁の時計が集合時間である午前8時の時報を奏でた。緊張して身を固める四人の学生軍団。その時、ノックの音がして入口の扉が開いた。

入ってきたのは男性が二人、一人は30代くらいであろうか、白衣を着ているのでおそらくは医者……もう一人は若干若い印象である、想像するに助手といったところであろうか。

「みなさん、おはようございます」

「お……おはようございます」

「今日はご協力いただきありがとうございます、1日がかりの仕事になりますのでよろしくお願いします」

優しい笑みを浮かべた医者Aと同じく柔和な表情の助手Bが僕らにおだやかに語りかけた。

（罠かもしれん……あの笑顔の裏に恐るべき野望が隠されているのかもしれない……）

この期に及んでまだ不安の拭えない僕である。

その時、A君が恐る恐る医者Aに尋ねた。

「あの……今日の僕らの仕事って……何なんですか？」

一瞬、医者Aと助手Bの目を合わせた、二人の眼光がキラッと鋭く光り、何とも怪しい笑みが浮かんだような……気がした。


僕ら四人は固唾をのんでその後の返事を待った。


（最悪の場合を想定しなければ……死体洗いなら勇気をもって断らなくっちゃ……でも、あの笑顔が急変したらどうしよう……）

『何！　てめえら、この場に来て逃げて帰ろうだと！　そんなこと許されると思ってんのか!!』

（よし、覚悟は決めた、さあ、何でもこい!!）

そして……医者Aがおもむろに口を開いた。

「あれ、聞いてなかったですか？　君たちを紹介してくれた学生には少し話しておいたんだけど」

「いえ……」

「今日は1日この部屋で遊んでいてください」

「はあっ??」

僕らはお互いに顔を見合わせてもう一度こう口にした。

「はあっ???」

僕らはきょとんとして、まるで狐につままれたような顔をして再び互いの顔を見合った。

「何のためにかというのはちょっと言えないんだけど、今日は1日この部屋の中に居て、遊んでいてくれればいいから」

「本当に遊んでいていいんですか?」

「うん、あそこにトランプやゲームもあるから」

医者Aの指さす場所にはトランプやゲーム、将棋などが置かれていた。

「ただし、トイレ以外は外出禁止、眠くなったら壁にあるベッドで寝てもいいよ、食事はここにメニューがあるから朝、昼、晩、好きなものを注文して、食事後に血圧測らせてもらいます、あとこれは任意だけど採血もお願いできると助かるな、採らせてくれたら時給と別に出すから、いい?」

「はい!!」

お医者様Aと助手殿Bの顔が仏様に見えてきた。

というわけで、僕らはその日1日「本当に」その部屋で遊んですごしたのだ。四人でトランプしてはしゃべり、オセロに興じては笑いあい、将棋を指してはその勝負を楽しんだ。食事も言われた通りにオーダーできた。

僕はあつかましくも一番高い「トンカツ定食」を昼に、二番目に高い「ハンバーグ定食」を夜に頼んだ。

その間、仕事という仕事と言えば食後の血圧測定のみ、そして夕食後。

「採血、協力してくれる人？　注射器一本５００円」

僕は思わずこう叫んだ。

「喜んで！　二本お願いします!!」

まるでどこかの居酒屋である。

こうして夢のようなアルバイトは終わった。

日給　７５００円＋採血５００円×２＝８５００円也。

僕とＡ君はウキウキ気分で帰途についた。

今思えば、おそらく何らかの医学上のデータを取るためであったとは思うが、思い返してもあんなに楽で楽しかったバイトはない。ただし、同じ仕事が2度と回ってくることはなく、最初で最後の天国バイトであった。医療関係の仕事にはこんなものがあったのだ。

ちなみに医療関係のバイトをもう一つだけ経験したので、その時のエピソードを一つ。

その仕事は臨床検査の仕事で、病院から回されてきた血液を遠心分離器にかけて血清を取り出したり、同じく尿を試験管に移して専門の検査へ送ったりする仕事であった。もちろん学生バイトである僕は単なる末端作業で、毎日何百本という血液や尿を試験管に移し替えていた。

ある日、学生バイトが集まった血清分離の仕事場が騒然となった。みんながとある一本の血液と尿の前に集まっている、その数10人余り。

何事かと思って近づいてみると件の試験管に貼り付けてあるシールにみんな興奮気味に目を注いでいるのだ。

そのシールにはカタカナでこう名前が記されていた。

「マツダセイコ」

「聖子ちゃんのだ！　この血液はオレが分取する！」

「いや、オレが採る！」

「じゃあ、オレはおしっこでいい！」

（芸名で来るわけないのに……）

大学生とはいかにも単純で素敵なやつらである。

38　次回予告

◆11歳の頃

子供の頃の愛読書と言えば「マンガ」ということになる。僕も少年週刊漫画誌を楽しみに毎号読んでいた。当時の値段は130円、今の物価の3分の1といったところだろうか。しかし、小学生のこづかいは月に500円といったところ、これらの週刊誌はかなりの出費である。立ち読みをするにも全部を読むわけにはいかない、当時で言えば、はたきを持ったおじさんに咳払いしながら追い出されるという事になる。

ところが僕は毎号とまではいかないが「少年ジャンプ」「少年チャンピオン」「少年サンデー」「少年キング」の四誌を買って読んでいたのだ。

月に500円のこづかいでこれらのマンガ週刊誌をすべて買うのは数学上は不可能だ。しかし、これには裏技がある、大した技ではないがその秘密は「古本屋」の存在にあった。

週刊誌は文字通り1週間後には新刊が発行される、新刊の発行と同時に1週間前に出た最新号は旧刊と名を変えて古本屋の店頭に平積みされたのである。

値段は1週間前のものが40円、以後1週間ずつ古くなるごとに10円ずつ値が下がっていき、古いものは10円が最安値となる。

つまり、「最新の号を今すぐに読みたい」という業を我慢さえすればこれら四誌の漫画週刊誌を最低40円で自分の手にすることが出来たのである。1か月で160円、最新号なら1冊しか読めないものがこの形だと16冊手にすることが出来る。何という贅沢であろうか！

もちろん、この「古マンガ生活」にはいくつかのリスクや難点が伴う。

第一に当たり前だが「あまりきれいでない」ということが挙げられる。一度は人が読んだ雑誌である、汚れているのは仕方がない、雑誌の山の中には同じ号の同じ雑誌が複数積まれていることがよくある。その中からなるべく「きれいな」ものを選り分けて購入するのが常であった。

次に周りの友達との関係である、僕だけ周りの友達よりも最大1か月遅れて連載を読んでいるのだ。当時、よく東京のテレビ番組が地方にいくと1週間遅れて流れていたりしたが、それが僕の場合は4週間にもなるのだ。


「おい、今週のジャンプ読んだか」

「おお、アストロ球団で球一が魔球を投げたぞ」


などという会話が聞こえてくると、普通ならその仲間に混ざって最新号の興奮を共有するのが楽しみだが、それを聞いてしまってはマンガを読むときの楽しさが半減してしまう。あたかも、犯人を知ってしまったまま推理小説を読むが如きだ。

僕は友達との関係を壊さないように配慮しつつも、マンガのストーリーに関する話題が聞こえるや否や、トイレに急がねばならないのだ！

当然会話もずれる、僕にとって彼らは1か月先の未来人なのである。それだけ気を付けていても最新の情報はいやがうえにも耳に入ってしまい、聞いてしまった結末を恨み、悔やむことしきりであった。

次にリスクについてだが、一つは安いがゆえに1か月に16冊ものマンガ雑誌が部屋の中を占拠することになる。当然親の視線は冷たいものとなる。

「マンガばっかり読んで、バカになるぞ」的な視線や叱責と闘わねばならない。

好みの号を取っておくこともままならぬので、買っては読み、読んではちり紙交換に出すという「非エコロジー」的な生活を強いられる。

そして、最大のリスクは……というと、これが一番深刻なものであった。それは、古本屋に必ずしも四誌の週刊誌のすべての号が積まれるわけではないということだ。

それはそうだ、新刊は必ず並ぶ、しかし値段が高い。古雑誌は安い、しかし、必ずしも並ぶわけではない、当然の論理だ。読みたかった連載の続きが読めない時のあの悔しさ、ここに大きなリスクが存在するのだ！

さらには、購入の時期が問題になる、例えば目の前に仮に「少年チャンピオン」の20号があったとしよう、19号では「ドカベン」の明訓高校が甲子園に進み、土佐丸高校の犬飼兄弟との死闘が開始されていた。

僕はとある事情で19号を最新号として読んでしまったのだ。

「ああ、続きが早く読みたい」となる。

しかし、目の前の20号の古本は法則に則って40円するのである。3週間待てば10円になる……しかし、3週間後にこの20号がここにある保証はないのだ！　いや、40円で買われて無くなっている可能性の方が断然高い。

「ああ、40円出して買うべきか、10円に下がるまで待つべきか……」

決してお金持ちでない少年はハムレットのごとく悩むのであった。

この問題は毎号ぶち当たる大きな壁であった、「手持ち」の古本屋は五軒ぐらいあり、自転車を飛ばしてすべてを探しまわれば８割方10円での購入ができたのだが、それでも巻頭に人気マンガがカラーで掲載されていたり、人気絶頂のアイドルが時折グラビアもどきに載っていたりするとそれらの号は古本屋の店頭に平積みされることがなかった。やはり、どの雑誌でも人気の号と不人気の号が存在し、それは古本屋の店頭という末端の場所でリサーチが可能だったのである。したがって、「今週号は人気がありそうだな」という直感が働くと、なくなる前に40円を払ってでも手に入れるという決断が必要になる、このあたり、現代に置き換えるならば株の投資家の心境に似ているかもしれぬ（似てないか）。

今書いていても我ながら涙ぐましい努力だ、この努力を勉強に振り向ければ少年はこの後大成していたかもしれない。

そんな努力のエネルギーの素はやはり、マンガ週刊誌の持つ「連載」の魅力であった。マンガも連ドラも大抵はいいところで「次回へつづく」とる。この「次回予告」が子供には抗いがたい魅力であった。古くは紙芝居から現代でも人気映画を前後編に分けて配給するなど、作り手、売り手の商魂はたくましい。

とにかく「続きが読みたい」という思いは、当時今ほど娯楽が多くなかった時代の子供にとって、心からの楽しみだったのだ。テレビも同じだ、ウルトラマンも仮面ライダーも本編の後に「次回予告」の映像が流れる。

「あー来週が早く来ないかなぁー」

僕らは本当に胸躍らせて待ち焦がれたのだ。

連載アニメで楽しみにしていたのが「宇宙戦艦ヤマト」である。このアニメ、最初の放映では人気が出ず、僕が見たのも夕方の5時半から毎日流された再放送だった。再放送のいいところは1週間待たずに翌日には続きが見られることだ、「待ち焦がれる楽しい時間」は確かに短いが、その分はまり込み具合も一入《ひとしお》だった。

今、ブログを使って子供向けの小説を書いている。発表は1週間で1話という形の「連載」だ。「連載」形式にしているのは、たった一人でも子供たちがこんな気持ちで次回を楽しみにしてくれて読んでくれたらという僕の夢である。

「次回へつづく」

僕もまた古き良き「紙芝居屋のおじさん」になれたら本望だ。

39　ああ、クラス替え！

◆23歳の頃

学校には年間を通して様々なイベントが存在する。入学式に卒業式といった式典関係。体育祭に文化祭といったお祭り関係、さらには修学旅行や移動教室といった宿泊行事関係、はたまた、写生会、百人一首大会などの文化的行事、生徒会選挙、生徒総会などの生徒会行事もあるし、その他にも合唱コンクール、弁論大会、新入生歓迎会、遠足、保護者会と数え上げれば枚挙にいとまがない。

さて、そんな中で「帰れま10《テン》」を行ったならば、パーフェクトを阻むであろう大きなイベントがある。非常に大きなものだが、挙げてみろと言われるとなかなか出てこない……。

それは「クラス替え」である。

僕らの中学校時代は毎年クラス替えが行われ、進級して始業式の朝、校門のそばで待っていると、先生がやってきて反物状態に巻かれた和紙がくるくると紐解かれ、壁に貼り付けられる。群がるように集まる生徒たち、そして上がる歓声や悲鳴、合格発表の光景に似ているような気もする。

1年間をどんな仲間と暮らすかは子供にとって非常に大きな問題である。名曲「学園天国」では席替えであの娘の隣になれるかどうかで天国にも地獄にもなると歌われている。

これが更にクラス替えというビッグなイベントともなれば、「神様お願い！」と祈りを捧げたくもなる。

結果は……祈りを捧げたのにも関わらず結構悲劇的であったりするものだ。

「仲のいい友達は全員別のクラスだー！」

「大好きなあの娘とも別なクラスだー！」

　僕の知るある高校では、共学にもかかわらず男子の生徒数が多いため、学年で2クラスだけが通称「男クラ」と呼ばれる「男子クラス」になるという。これなどはまさに天国と地獄ではないか！


「えー、オレ3年連続で男クラだよー!!」

　などという悲劇が時として生まれるのだ、ひと事ながらこの不運さには涙を禁じえない。

「オレ、もうグレてやる！」となる。


　さて、先生になって1年目の年度末、僕もこの「クラス替え」というビッグイベントに初めて先生の側から参加した。


「じゃ、これからクラス分けやりましょう」

　と学年主任の先生がおっしゃったので、僕は「はい」と素直に返事をする。

「では先生方、会議室へ」

　というわけで僕はビッグイベントの準備が行われる会場へと足を運んだ。

（はて、クラス分けなるものは一体どうやってやるものなのだろうか……）

僕は思案する。

（まあ、成り行きにまかせてみっぺ）

会議室に入ると先輩の先生方は慣れた手つきでテーブルの上に何やらトランプのようなものを並べ始めた。勘のいい方はもうお気づきかもしれない。これが「クラス分けカード」と呼ばれるものである。

ちなみにこれから紹介する方法はあくまで僕の経験に基づく40年近く前の手法である。もしかするとこのＩＴ化の進んだ現代ならば、パソコンに生徒情報を入力し、必殺クラス分けソフト「進級くん」を立ち上げればクリック一発！　たちどころにクラス分けが完成する……そんなシステムがあるのかもしれないが、僕の時代は限りなくアナログで、良くも悪くも「泥臭い」やり方だった。

「誰にでもわかる・新しいクラスができるまで」……ご紹介です。

①成績順均等配置

クラス分けカードには主要五教科の5段階成績の合計の数値が大きく記載されている。したがって、最大値は25、最小値は5ということになる。

このカードをまずは各クラス均等になるように機械的に並べていく。並べ方はドラフトのウェーバー方式とほぼ同じである。

仮に4クラスに分けるならばカードは次のように配分される事になる。

①②③④

⑧⑦⑥⑤　　　左右の数字を足すといずれも9になる。

これで理論上、成績的には平均化されることになる。ちなみにクラス分けカードは元のクラスごとに色別になっているので、この時点で一目見れば「このクラスは元A組が多いなぁ」などとビジュアル的にもすぐに分かるようになっているスグレモノだ。

②キーとなる生徒の配慮・分配

ここからが最も時間のかかる作業に入る。学年のリーダーになる生徒やその反対に「おそらくたくさん手がかかるだろうなぁ」という生徒たちをみんなで話し合いながら分けていくのだ。

初めてこの話し合いに参加したときは結構驚きというか感心したのを覚えている、それは……

それは……こと細かいのだ。先輩の先生方のＦＢＩかＫＧＢ並の情報が伝えられていく。
「Ａ君はいじめられるかもしれないから仲の良いＢくんと同じクラスにしてあげよう」
「ＣさんとＤさんは一緒にいたらとめどなくおしゃべりしそうだから別のクラスにしよう」

この程度はまあ、当たり前といえば当たり前だ。

「ツッパリのＧ君は実は真面目なＳさんが好きなんだよ、同じクラスにしてやるとブレーキがかかるかもな」
「今年、埋もれていたＹ君だけど、小学校時代Ｅくんと同じクラスでリーダーだったと判明、よし、このコンビ復活だ」

「ちょっと待って、このクラス、ピアノの神様がかぶってる、これじゃどちらかがうもれちゃう、あっ、このクラスはピアノゼロよ」と音楽の先生。
「このメンツじゃ体育祭の全員リレーはダントツの最下位だぜ、足の速い子を三人は入れないと」と保健体育の先生。

などの情報がもたらされるたびに、話し合いの後トレードが次々に行われていく。

ちなみにカードにはこの他、近視などの身体的情報、協力的かモンスターかなどの保護者情報、部活情報、生徒会情報、兄弟情報はもちろん、直近の失恋情報までありとあらゆる情報が記載されていた。

一つの情報が入りトレードが行われると、今度は別のバランスが崩れてくる、1時間も行っていると最初に分配されたクラスはすでに崩壊状態となっている。ただし、トレードは基本的に同じ数字同士で行うので成績の平均は保たれるというのが良くできている。

この作業を多い時で5回ほど、2週間くらい時間をかけて行っていく、そしてようやく仮の新クラスが決まるのは春休み直前というのが通例だ。

③クラスを寝かせる

仮決定したクラスは春休みの間、一定期間寝かせる、つまり熟成させるのだ。どういうことかというと仮名簿を各先生方が自宅に持ち帰りもう一度じっくり眺めてみるのだ。

目的は二つある、一つは熱くなってトレードしてみた結果を冷静に見直すことでより客観的な判断を行うということだ。夜中に書いたラブレターを朝になって読み返してみたら「こりゃないわ……」と赤面することに似てなくもない。

もう一つは、すべてのクラスで各自、自分が担任になったとイメージしてみることである。この時点でまだ担任は決まっていない。担任を持つことが決まっている先生にとっては非常にドキドキする期間である。

「このクラスのここはいいけどここはちょっとなー」

すべてのクラスがそうなっていれば、極めて正常にクラス分けがなされたと言える、逆に……、

「このクラスはハズレだー……ここだけは持ちたくねー」

なんて感じるのであれば、それは改善の余地があるということになる。

④最終微調整と担任決定

クラスが最終決定するのは4月1日ということが多かった。実は担任の持ちクラスもこの日に決まる。先生の人事異動は4月1日だから、新しい先生が揃って顔を合わせるにはこの日を待たねばならぬのだ。

新メンバーで顔合わせをしてここで担任を決めていた。今はどうなのだろう。きっと管理職の先生が誰がどのクラスを持つのかを決めてあとは発表するだけと予想（ちがっていたらごめんなさい）。

僕らの頃は次のような決め方をしていた。

1　まず、転任の先生に比較的「軽い」クラスを持ってもらう。
2　次に「キャリアの浅い先生」から順に持ちたいクラスを選んでもらう。
3　最後に残った「重い」クラスは自然とベテランの先生へ。

先生も人間だ、生徒や特定の保護者との相性というものが確かに存在する。あまりわがままは言えないが、「どうしてもこの生徒とは合わない!!」
という場合、この時点で正直に申し出ると最終トレードがギリギリで成立することもあった、たしかにその方がお互いに幸せだ。

これは友人から聞いた話しだが、ある小学校のオバチャン先生、決まったクラスにどうしても持ちたくない悪ガキがいたそうだ。しかし、他のクラスにも同様の子はいて、オバチャンのわがままだけを聞くことはできない。学年の先生みんなで結束してトレードを拒否していたところ……。

何と！　オバチャンは始業式前日の夜に学校に潜り込み、勝手にクラス名簿とクラス発表用の貼り紙を改ざん!!

他の先生方一同あぜん……（゜Д゜）
うそのようなホントの話である。

さあ、こんな紆余曲折の中、始業式での歓声と悲鳴となるわけだが、あの一枚の紙切れには先生方の汗と涙と愛情がつまっているのだ！

生徒諸君！　幾多の喜びや悲しみを乗り越えて、新たな世界で頑張っていってほしい！

祝　進級！

40　居酒屋パブリックビューイング

◆つい最近のお話

野球ファンと言うのは非常に単純だ。贔屓チームが勝てば機嫌よく、負ければご機嫌斜めとなる。

先日のことである。愛するマリーンズファンの友人二人と飲みに行った。知り合って長い年月が経つ。知り合ったきっかけは今から40年前、
「週刊ベースボール」の片隅に、

「一緒にオリオンズを応援しませんか」

という一文を発見したことから始まる。
当時のロッテオリオンズは弱小不人気球団の代名詞であった。僕はいつも一人淋しく川崎球場に足を運び、かなりの確率で負けゲームを見てはこれまた一人淋しく帰途についたものであった。

（つまんないな……）

人は心が弱っている時には何かに救いを求めるものである。大学の入学試験の時にこんなことがあった。第一志望の合格発表を見に行った。

結果は……不合格。

僕はかなりのショックを受け、合格をもらって喜ぶ人たちを羨みながらキャンパスをトボトボと彷徨っていた。

その時である、前方から何やら怪しい集団が近づいてきた。

五～六人の男たちが僕を取り囲みこう言い放った。


「あなたは今幸せですか？」

「あなたの幸せを祈らせてくれませんか？」


良く分からないがどうやら宗教団体の信者の勧誘らしい。

おそらく試験に落ちた僕の姿からはものすごい負のオーラが出ていたのだろう。

布教をもくろむ彼らはそのマイナスオーラを見逃さなかった。


（あいつならきっと入信する）


きっとそう感じたに違いない。

高価なツボを買ってしまうのはこうした心理状況なのである。

しかし、この布教活動は間違っている。

僕は今、試験に落ちたばかりなのだ。

試験に落ちるやいなや　as soon as　なのだ。

「幸せじゃありません！！」

僕は大きな憤りを言葉に表し、その集団を蹴散らす様に足を速めた。

話は元に戻るが、当時の僕は球場で共に愛するオリオンズを応援する仲間を心から欲していた。

しかし、何しろ不人気ワースト1の球団だ。周りにそんな奇特な人はそういるものではない。

当時はロッテファンなどと口にするのも憚られる時代だったのだ。口にすれば、

「変な人ね」

「近寄らない方が無難だな」

などと噂されかねない。

いわば現代の隠れキリシタンというべき存在だった。
もちろん川崎球場にも応援団が存在したが、ワンカップ片手に太鼓を鳴らすおっちゃんばかりだ。おっちゃんたちが嫌いなわけじゃなかったが当時二十歳ぐらいの若者は「友達」と一緒に応援したかったのだ。

勇気を出して手紙を書いた。
密書である。
返信があった。
密書である。

（今度一緒に川崎球場で会いましょう……）

こうして隠れキリシタンは同志を得たのだ。

それからなんと40年、多くの仲間と出会い、多くの同志と知り合うことが出来た。今では隠れることなくキリシタンを公言し、千葉の教会に時には3万人もの信者が集まりミサが行われる。

この日、僕らは駅で待ち合わせ居酒屋で飲もうということになった。

本当なら球場でビール片手に観戦と行きたいところだが、三人とも都内在住であるため、幕張は遠い……。


そこで、僕は一つのアイデアを思いついた。

「パブリックビューイング」だ！

店に入るとある貼り紙が目に入った。

「Ｗｉｆｉ　ｓｐｏｔ」

ネットがつながりますよ……という案内である。


僕の手元にはスマートフォンが……。

試しにつないでみるとあの素晴らしきコンテンツ「パリーグＴＶ」に見事に接続できたのだ。

本格的なスポーツバーのパブリックビューイングは大型のスクリーンにプロジェクターを投影し大画面で楽しむものらしいが。僕のスクリーンはわずか5インチ程度である。

こいつを居酒屋のメニューに立てかけて僕らは試合開始を待った。

そんな小さな画面で楽しいの？

と言うことなかれ！

「昔はロッテの試合なんてテレビでやらなかったもんね」
「ラジオでもセの試合の中止時にたまに中継されたくらいだもんね」
「プロ野球ニュースでさえ映像ない時多かったもんね」

かつてあらゆる面で虐げられてきた三人は非常に忍耐強いのだ。
この「もんね」を重ねてきた僕らにはわずか5インチの画面であっても幸せでいっぱいなのである。

こうして「居酒屋　ミニパブリックビューイング」は始まった。

千葉ロッテ　VS　東北楽天　ZOZOマリンスタジアム

確かに臨場感こそ乏しいが、それ以外は球場とさしてかわりはない。周りは普通にサラリーマンや学生が楽しそうに飲んでいる。満席の居酒屋の片隅でまさかこのようなビッグイベントが行われていようとは誰も気がつかない。

試合は前半戦、タイムリーツーベースでロッテが先取点を挙げた。

「よし、ビールだ、ビールだ」

三人はすかさずビールを注文する。
さらに、つまみに関しては球場の30倍ものメニューが揃っている。
先制点の後のビールは格別に美味い。

途中逆転を食らう。

途端にテンションが下がり、三人、無口になる。

「あのチャンスで打てないからこうなるんだ」
「今日もこのまま尻すぼみかよ」

やたら愚痴っぽくなる三人……。

そして迎えた9回裏。

得点は　1－2　このままでは惜敗となる。
しかし、ロッテの神様は僕らを見捨てなかった。

ワンアウトからピンチヒッターが四球を選び出塁。
次の打者がレフト前ヒットでつなぐ。
そしてさらに代打攻勢が続く！
同点タイムリー！！！
さらにツーアウトから、
逆転のサヨナラタイムリーヒット！！！！

「やったぜ――――！！！！」

その瞬間僕らは「居酒屋スタジアム」で立ち上がり、辺りを憚ることなくハイタッチを繰り返した。一瞬周りからの注目を浴びる。

「よし！　乾杯だ！」
「お兄さん、酒、酒」
「我らがマリーンズ、サヨナラ勝ちなんですよ！」

僕らは居酒屋のお兄さんに思わず喜びを告げた。

すると、そこでまた小さなドラマが起きた。

「おめでとうございます、実は私もロッテファンなんです」

「お――――！」

僕らはこの新たなる同志と固い握手を交わし心ゆくまでサヨナラ勝ちの余韻を味わった。

「いやー最高の飲み会だ！」

さらに話してみるとこのロッテファンの店員さん、この店の店長さんだった。気をよくした僕らはその場で12月の忘年会の予約を入れた。ロッテファンであることは営業にも役に立つのだ。

およそ4時間の「観戦」を終えて「球場」を後にする時、

僕らはしみじみとつぶやいた。

「いい時代になったなぁ……」

ささやかな幸せを味わえたひと時。
「居酒屋パブリックビューイング」に乾杯！

41 夕暮れとヒグラシ

◆8歳の頃

先日、近所の夏祭りに足を運んだ、櫓も組めないくらいの狭い空き地、屋台の代わりに町内会の人たちがボランティアで作ってくれた焼きそばやポップコーン、本当にささやかな舞台だが、盆踊りの音色に太鼓のリズム、そして子供たちの楽しそうな笑顔、忙しい毎日にふと心癒される時間だった。

気が付けば聞こえてくる蝉の声も盛夏のアブラゼミやミンミンゼミに代わりヒグラシである。

「山のロープウェイ」という曲がある。僕の好きな曲の一つ、恥ずかしいが、夏の終わりに聴くと必ずといっていいほど泣けてしまう。

別れた恋人の夢を見る、ふと懐かしくなって本棚のアルバムを開いてみる。ロープウェイに乗り、二人で手をつないで目指した山の頂上、光り輝いていたあの頃の思い出がアルバムの写真からよみがえってくる……そんな詞である。

夏の終わりの淋しげな雰囲気が好きだ、それは1日で言えば暑さのすこし和らいだ夕暮れ時であり、情景で言えばシーズンも終わりにかかった海水浴場の夕凪の景色だったりする。夕暮れ時に山から聞こえてくるヒグラシの声はどうしてあんなに切ないのだろうか。

小さい頃、人見知りだった僕は小学校の2年生までは、学校に行ってもほとんど誰とも口をきかなかった。いや、きけなかったのである。

幼稚園に入園した直後に重いはしかに罹り、2週間余り休んだ僕は「友達」というコミュニティーに入り損ねてしまった。

入園式以来久しぶりに登園してはみたものの、そこにはすでに様々なお友達グループが出来上がっており、僕は内気な性格も相まって完全に孤立してしまった。幼稚園に行っても話せる友達がいない、これは子供心にもけっこうきつかったのを覚えている。

孤独というのは決して一人でいることを言うのではない、集団の中での疎外、孤立する事を指す。

みんなが話しているのに自分だけが中に入れないから「孤独」なのだ。このスタートダッシュに失敗した僕は、その後克服するのに5年近くの年月を要した。

「友達」と呼べる仲間ができ、学校が初めて楽しいと感じたのは小学校4年生の頃だったと思う。

人間とは変われるもので、その後僕は人前で話すことが好きで好きで仕方がない人間になるのだが、夏祭りの喧騒の中で自分が変わることができたきっかけとなる一つの出来事をふと思い出した。

本当に遠い記憶だが、それは生まれて初めて親元を離れて参加した少年団のキャンプ体験である。

記憶も全体的にあいまいで、断片的にしか覚えていないのだが、たしか小学4年生の夏だった気がする。

もちろん内気で友達づきあいの出来なかった僕である。最初はそんなものに行きたくはなかった、半ば強制的にいやいや参加したように思う。

名前は「とびうお少年団」といい、日頃から参加していたわけではない、2泊3日、その夏キャンプだけの特別参加いわば「お試し体験」のような感じだった。

記憶はキャンプ場に到着したあとから始まる。少年団はいくつかの班に分けられ、僕は分けられた班の最年長だったことから自動的に班長を命じられたのだ。

（班長……できないよ……）

と内心は心穏やかでなかったが、最年長とあらば仕方がない、断る理由も見つからなかった。

そのグループにある女の子がいた。学年は一つ下の3年生、名前も顔も忘れてしまって頭の中で映像化しようとしても顔が浮かんでこないのだが、印象を挙げるとすると、ゲゲゲの鬼太郎に出てくる「猫娘」のイメージだ。

彼女は何しろ明るく元気で、僕を含めた6名ほどの班員をいつでも楽しく盛り上げてくれた。

僕は初対面の後、心の中で、

（楽しい子だな、一緒の班でよかった）

と感じたのを覚えている。

さて、キャンプ場に着くと班ごとにバンガローがあてがわれ、そのバンガローの中で飯盒炊爨《はんごうすいさん》の役割分担を決めることになった。

僕は班長だったが、リーダーシップも取れず、どうしていいか分からずにいた。

その時である、まごまごしている僕に猫娘が人懐っこい笑顔で話しかけてきた。

「ねえ、ハンチョコチョ」
「えっ？」
「班長だからハンチョコチョって呼ぶからね、いいでしょ？」
「あ、う、うん」

僕は本当に戸惑った、理由の一つは女の子と話した事がほとんどなかったからだ。男の子の友達すらいなかった僕はまして女の子の友達などいるはずもなく、当然のごとく女の子と会話をするという経験がほとんど皆無だったのだ。

そして、もう一つの理由は、僕は今までこれほど屈託なく初対面の相手に笑顔で話しかけてくる人間に会ったことがなかったのだ。性格と言ってしまえばそれまでだが、驚きだった。大人の言葉で言えばカルチャーショックである。

当時の僕は誰かに話しかけるにはものすごい勇気と心の準備を必要としたのだ、ましてや初対面の相手などもってのほかである。


僕にとって猫娘は非常に新鮮な驚きだった。


「ねえ、ハンチョコチョ、お願い、役割決めて」

「えっ」

「あとみんな2年生と1年生だから、たよりにしてるから」

「う、うん」

猫娘は副班長だ、そしておそらく、僕は初めて年下から「頼られる」という経験をした。とても嬉しかったのを覚えている。

大人の目で見るとこういうのを「成長」というのかもしれない。

僕は何だか少しこそばゆい気持ちになりながらも班員を集めて、慣れないながらも司会をし、班員の役割分担を決めたのだ。

1年生や2年生（こちらももちろん顔も名前も覚えていないが）が僕の顔を見上げて聞いてくれているのがこれまた少し照れくさかった。

さて、記憶はここからまた飛び、班員みんなで作ったカレーライスを食べている場面となる。

当然この6人だけで作れるわけもなくおそらく大人のリーダーが手伝ってくれたのだとは思うが、その部分の記憶はない。


僕らは夏の夕暮れのキャンプ場でカレーライスを食べている。

空は夕暮れ、赤と紫が混ざったような美しい彩雲が浮かぶ。

そして、山からはヒグラシの声が……。

猫娘が人懐っこい笑顔で言った。

「おいしいね、ハンチョコチョ」

僕も心からの笑顔で返した。

「うん、おいしいね」

古い記憶だけにかなり美化されているかもしれないが、夏祭りの光景が偶然掘り起こしてくれた大切な記憶。

もう何十年も経っているのだ、このまま美化して飾っておいてもきっと許してもらえるだろう。

夏の夕暮れとヒグラシの声は素敵な演出家である……。

42　運の容量

◆10歳の頃

おぼろげな記憶である。僕の前には占いを生活の糧とするたぶん女性がいた、僕は手相を見てもらっている。

女性は僕の未来を占いこう告げた。

「あなたは、30代の半ばまではとても順調に過ごしますが、そのあと波乱がありそうです」

今となってはどこで、なぜ、誰に占ってもらったのかはすべて忘れてしまったのだが、なぜかこの占いの結果だけが記憶にこびりつき時折自分を不安にさせてきた。

占いというのは未来を見るわけで、その時には結果が分からない。小学生の頃『ノストラダムスの大予言』がベストセラーになった時、こんなジョークに出会った。

「1999年の夏に何が起きますか?」

「ウソつきがばれる!」

人類が滅亡すると信じていた僕は「そうか、ウソなんだ」とホッとしたものだ。

さて、それから40年以上が経つと、あの時の占いの結果が見えてくる。さて、結果は……というと、

「当たらずとも遠からず」

確かに30代半ばまでは大学にも受かったし、就職もできた、結婚もしたし、子供にも恵まれた。大きな病気もしなかったし順調な人生と言えるかもしれない(交通事故には2回遭遇したけど……)、しかし、38歳と40歳で仕事を二度変わり、大成功してセレブな生活!というわけでもな

く、どちらかというと日々の暮らしに追われているという現状を考えると、

「ふむ、あの占い師なかなかやるではないか」ということになるのかもしれない。

ところで最近人間の運というものについて考えるようになった。はたして、運には容量があるのかというものである。もしあるとすると少ーしずつ使う方がいいのか、それとも一度にドカッと使うのがいいのかという非常にくだらない思考であるが、まあ、人に迷惑をかけるものでもないので一人で勝手に楽しんでいる。

そして、ここにこれまた非常に自分勝手な法則を発明した。

運＝火山噴火説

人間の運の総量は決まっており一生の中でどこで使われるかは人によりさまざまである。

うーむ　見事な法則とも言えるし、陳腐な説とも言えよう。

小学校3年生のとき、僕の家に大きな木の箱が届いた、身に覚えがなかったので家族は「爆弾

じゃないのか」などといって一家総出であたふたした末に恐る恐る箱を開けると……そこにあったのは一本のフォークギターであった。

種を明かすと当時愛読していた少年ジャンプの読者アンケートの葉書を送ったところ、アンケートの副賞に当選したのであった。しかも、あとから調べてみると日本中で1名！という特賞なのである‼

僕の法則に当てはめれば、「何かに当たる」という運に関して言えば、大きく運を使ったことになる。宝箱の中からとっても高いおもちゃが出てきたわけである。火山で言えば大噴火にあたるのではないか。

これに味をしめた僕は次から次へと葉書を送り福引があると必ず家族を代表して引き続けたが、運のエネルギーを使い果たした状態であり、葉書はボツを繰り返し、福引ではティッシュをもらい続けることになる。

僕は心ひそかに思った「うむ、運を貯めなければならぬ！」

次の小噴火はそれから10年後、20歳の時にやってきた。

この年の僕は福引きで再度特賞を当て見事スキーの4点セットを手にいれた。さらに、麻雀をすると、東の一局で天和《テンホー》を上がるという快挙を成し遂げた。この時は自分でもおどろいた、牌が配られて揃えていると、捨てるものがないのだ。同じ卓を囲んだ仲間には今でも会うと恨みごとを言われる。

さらにそれから10年後、僕は町のはずれのパチンコ屋に居た。この店のイベントは「ラストヒット賞」閉店にかぎりなく近い時間に大当たりを引いた客に２０００発の球が贈呈される。金額にすれば５万円相当となる。店が客を閉店ぎりぎりまで粘らせるための見事なイベントで、閉店間際になるとイベントコーナーは客でいっぱいになった。当選者はたった一人、その他大勢はひたすら１０００円札を投入するお金消費マシーンとなるわけで、店長さんもよく考えたものである。

このイベントの面白さはほぼ１００パーセント運に左右される点だ。それまでどれだけ当たっていようが関係ない。まあ、入賞しやすい台の方が確率は高いだろうから、１００パーセントとは言えないが、それでも自分の意思ではどうにもならない。さらには、当たりを引けばいいわけじゃない、「ラストヒット」でなければだめなのだ。

こいつに当たったことがある。閉店10分前からヒットした台に札がかけられていく、そして、次の大当たりが出ればその札はあっさりと移動させられ、権利者はうなだれながら剥奪された札をうらめしげに眺めることになる。
閉店まであと2分といったところだろうか、僕の台にリーチがかかった。「当たれ！」と心の中で祈る、チラッと横目で見ると現在の権利者がこれまた祈るような目でこちらを見ている。彼にしてみれば他力本願だ、他にリーチがかかっている台はない、僕のリーチが外れれば権利は彼のもとへ、当たれば僕のもとへ……精神的な一騎打ちが始まる。

リーチが発展する、どうやら当たりは間違いなさそうだ、あとは時間との闘いである、パチンコのリーアクションはけっこう長い（頼む！　間に合ってくれ！）カウントダウンが始まる、10・9・8・7……そしてその瞬間はやってきた、残り3秒といったところで大当たりが確定し、台の周りのランプが光り輝く！　僕は両手を上げて猛アピール‼

ちょうどバスケットボールの試合で1点差、残り1秒で力任せに投げたボールが10メートル先のゴールに吸い込まれかのごとく、それは小さな奇跡を見たようだった。
かくしてラストヒット賞の札は僕の台に移動し、燦然と掲げられた。敗者のうなだれる姿を横目に心の中で思う。（やったぜ……）

さて、法則はここでも活きた。ここでも運を使ったであろう僕はその後20年以上、くじ引きというものに当たったためしがない。赤か白かといった2分の1の確率さえ見事に外しまくる、10

個の玉のうちハズレが一つしかない！などというくじでも見事に引き当てる自信がある！

しかし、物は考えようだ、不謹慎な喩えで恐縮だが、今、僕の運のエネルギーはたまりにたまって、いつ大噴火を起こしてもおかしくないほどマグマがたまっているのである。

えっ、手に入れたものを見るとたいした噴火でない？ なるほど、世の中には人知れずジャンボ宝くじを当てて億単位のお金を手にしている人が毎年何人もいるわけで、その指摘ごもっともです。

でも、それにもめげず、毎週ささやかにロト6を楽しむ毎日であります。

大噴火した際にはお知らせしたいと思います。小噴火でもいいんだけどなぁ……。

みなさんの「運」はどうですか？

43　学校の怪談

◆28歳の頃

学校と言えば怪談、怪談と言えば学校。

学校と怪談は切っても切れない関係である。

僕自身は幸いにも霊感なるものが弱く、生まれてからこのかた、幽霊なるものに出会ったことはまだない。

強いて挙げれば一度だけ「金縛り」なるものを経験したことがある。今でも覚えているが、この時は来る前に「来る！」と分かった、これが不思議。今まで未経験なのに「来る！」と確信できたのだ。

かくして「金縛り」はやってきた、言葉で説明すると、身体が縛られるという感覚とはちょっと違う、ほかの人はどうか知らないが、僕の場合は掛け布団を20枚くらい重ねて掛けられ重くて身動きができないといったそんな感覚であった。

ちなみにこの時小心者の僕は一度たりとも目を開けなかった。

そりゃそうだ、目を開けると枕元に白い着物の女の人が立っているか、はたまた、部屋中を兵隊さんが行進しているか、さらには血まみれの落ち武者が天井から僕を見据えているか、その確率は99パーセントを超えるに違いない、非常に古典的なイメージが僕の頭を駆け巡る。

僕は目を閉じたまま心の中で手を合わせてつぶやく。

（ぼ・ぼくはれいかんがよわいので……あなたのいうことはわかりません。ど・どうかほかのひとのところにいってください……なんまいだぶ……）

このお祈り作戦が効いたせいか、ほどなく20枚の布団は取られ安らかな時間がよみがえった。

さて、中学校の先生をしていた昔、同僚の先生と「霊感の強い教え子」の話をした。

何百人といる教え子の中には霊媒師真っ青、つのだじろう先生に報告して「うしろの百太郎」に掲載してほしいくらいの霊感の強い子が時々存在するのだ。

ある女の先生が個人面談をしようと女子生徒を相談室に入れてドアを閉めた。椅子に腰かけるように促すと彼女が、

「先生、そこにだれかいるよ」

「えっ、だれもいないじゃない」

「あたし、霊感強いから……先生には見えないかもね」

「何言ってるの、からかってるんでしょ？」

「この部屋やめた方がいいよ」

先生は初め信じていなかったが、椅子に座って二人で面談を始めた途端、入口のドアと椅子ががたがた揺れだしたのだ！

怖くなってその子を見ると、

「言ったでしょ、椅子やドアを揺らして暴れてるから、出て行ってほしいらしいよ」

その後、先生は「あの子と面談するときは職員室でやる」と決めたそうである。

確かに怖い、現実に椅子や机が揺れるのを目の当たりにすれば、「非科学的だ」と断ずることができるだろうか。


僕の教え子にも同じような女の子がいた。

家庭訪問に行った時だ、お母さんが仕事から帰るのが遅れているとのことで、部屋の中で彼女と世間話をしていると、おもむろに彼女が窓を指さしてこう言った。

「あそこに誰か歩いてる」

「えっ？」

「誰もいないじゃない」

もちろん僕には見えない、窓の外には午後のけだるい空と雲があるだけだ。

彼女が言うには、

「見たくなくても見えちゃうの」

話を聞いてみると、小さい頃から霊感が強い彼女にはいつも誰かが見えているらしいのだ。窓の外や部屋の中、時と場所を選ばず現れる。特に何かをするわけではないらしい、ただ見えてしまうのだそうだ。ちなみに彼女の家はマンションの五階である。


霊感の強い友人の先生もいた。

しかもこの先生、都内でも有数の巨大な墓地のとなりにある学校に勤めていて、怖い話には事欠かない。稲川淳二よろしく夏には非常に重宝な先生である。

「夜、職員室で一人で仕事をしているとスピーカーから子供の笑い声が聞こえてくるんだよ」

「校舎の電気をすべて消して、セコムをかけて校門の外に出た瞬間に教室の電気がパッと点いたんだ」

「霊はさびしいと寄ってくるから、夜はラジオやテレビをつけながら仕事をすると安心して出てこなくなるんだ」

などと、怖がり屋の僕には有り余るほどのエピソードを酒を飲むたびに聞かせてくれた。

学校はやはり怪談の宝庫です。

霊感弱くてよかった……。

44　初夏の贈り物

◆48歳の頃

子供の頃、未来の道具だったものが四半世紀以上過ぎると実現していることもある。ドラえもんの数々のアイテムも僕らの世代が生きているうちにいくつか実現してほしいものである。

僕の予測では、タイムマシンは1パーセント、どこでもドアは3パーセント、暗記パンは5パーセントの確率で実現していよう（これ、希望です）。

そんな中でまさに未来のツールの実現ともいえるべきものといえば、数々のＩＴ機器であろう。ネットやメール、最新のスマートフォンを見ていると、ウルトラ警備隊のビデオシーバーすらむしろ古めかしく感じてしまう。僕らがペットとしてミクラスやウインダムやアギラをカプセルに入れて携帯する日もそう遠くはなさそうだ。

「今日は天気がいいからミクラスを散歩させるか」
「明日は孫が遊びに来るからウインダムに遊び相手になってもらおう」てな具合である。

閑話休題

二か月ほど前、突然、高校時代の友達から1通のメールが届いた。卒業して5年ほどはよく会っていたが、以後は疎遠になり25年は会っていないという関係である。

25年ぶりの突然の「手紙」……ちょっぴり驚く。

なぜ、メールが……。

からくりは簡単だ、この30年間、僕たちは細い糸で結ばれていたのである。

ちょっぴりかっこいいが、タネを明かせば……年賀状のやり取りだけはずっと続けていたのだ。この細い糸が僕らを再び結びつけた。

(そういえば、メールアドレス載せてたなぁ……)

内容は高校の同窓会の連絡だった。高校卒業以来30年、一度も同窓会は開かれていない。クラス会ではなく同窓会ということで、集まる人数によって会場を取るから連絡してほしいとのこと。手帳を開くと運よく都合がつきそう……僕は出席の返事を送った。

1週間ほどして詳細が再びメールで送られてきた。60名近くが出席するとのことだ。僕は思った。30年ぶりに高校の友達と会えることはもちろんうれしく、心も弾む。しかし同時に「メール」というツールのすごさというものにほとほと感心した。

メールは両刃の剣である。

僕もかつてメールで嫌な思いをしたことが多々あり、一時《いちじ》は着信の音を聞くだけで寒気がするほどであった。声も姿もないこのツールは使い方によっては人を極限まで追い込むことさえできる。言葉は時に凶器と化す。

しかし、今回はメールというツールの素晴らしさを身をもって体験した。眼からうろこが落ちる思いである。

一昔前ならば、この同窓会おそらく実現していなかったに違いない。30年経てば住所も変わる、女性ならば苗字も変わる、加えて「個人情報漏洩過剰ピリピリ時代」である。

誰か心ある人が同窓会を開こうと思い立ち、幹事を引き受けたとしても連絡先を調べようがないのだ。仮に調べられたとしても、一人一人に往復ハガキで出欠をとり、会場を手配するなどその労力たるや途中で挫折してしまうに違いない。

そこでメールである。

誰か一人をメールで誘う、その一人が違う二人をメールで誘う、その二人がさらに新たな二人に連絡をする……。

そう！　まさしくこれは「ネズミ講」か「不幸の手紙」のシステムそのものである。右記は間違った使い方であるが、同窓会メールは非常に正しい使い方なのだ。

池に広がる波紋のように、枝を伸ばす菌糸のように、ものの1週間で何百人という旧友たちをつなげることが可能なのだ。

こうして僕らの高校の同窓会が30年ぶりに開催されることになった。

さて、会が近づくにつれてほんの少しだが僕は心配になってきた。何しろ30年ぶりである。夜、寝しなに想像すると色々なことが頭をよぎってくる。

①再会しても誰だか判別できるのだろうか。
②判別できたとして何を話せばいいのだろうか。
③憧れの彼女の変貌にショックを受けないだろうか。

このほかにも14個ほど不安が浮かんだのだが、ここでは割愛することとする。僕は結構心配性なのである。

さらに会が数日後に迫ってくると不安はおろか緊張までしてきた。
（せっかく行くからには楽しんでこなくてはならない……）
（久々に会う仲間に失礼があってはいけない……）
何やら合格を取りに行く受験生の心境だ。

①受験生は予習を始めた。

卒業アルバムを引っ張り出して、1組から順に写真と名前の照合を始めてみたのである。

しかし、僕らの高校は全部で9クラス、400人近くいるのだ。ましてや、30年の年月に一人一人のルックスは大きな経年劣化（失礼）を遂げているはずで、僕の予習は2組の途中で挫折した。

②一応シミュレーションしてみた。

1年ぶりの再会ならば、

「元気にしてたか？」

10年ぶりの再会なら、

「子供は何歳になった？」

など身近な話題や挨拶も見つかろうというものだが、何しろ敵は30年ぶりに攻めてくるのである。

「元気ー？」は不自然だし。

「卒業後、どうしたの？」と訊くと自己紹介に2時間くらいかかりそうだ。

「よう、生きてたか？」では30年ぶりの再会直後に殴り合いになりかねない。

考えると疲れて病気になりそうなのでこれまた行き当たりばったりで行くこととする。

③これぱかりはどうしようもない。

僕にも人並みに高校時代憧れの女の子がいたのだが、告白してフラれて以来、卒業後これまた会ったことはない。

20代くらいならば、あらぬ思いに心もときめくかもしれないが、30年も経てばそれもなかろう。

あるのは、

「会わなきゃよかった」

という初期のセブンイレブンのＣＭのキャッチコピーを彷彿とさせる思いだろう。

（あの憧れの彼女が……）

まあ、これはこれとて覚悟するしかない、僕は腹をくくった。

もし、大好きだった彼女と再会をし、その彼女が大きく「変貌」を遂げていようとも話しかけるぞ！

最悪の場合のシミュレーションとして、僕は吉永小百合がマツコ・デラックスになっている姿を想像してトレーニングに励んだ。

さて、同窓会の当日がやってきた。僕はいそいそと初夏の銀座へと繰り出していった。太陽がふりそそぐ爽やかな日である。

30分前、無事に会場に到着、僕は大きく一つ深呼吸をして店の扉を開けた。

最初に記しておこう、結果として……僕の不安はすべて吹き飛んだ。

心から楽しい会でした。

3時間という時間があっという間に過ぎていった。昔、親交のあった仲間は会えばすぐに分かった。もちろん、再会した仲間たちは男も女もみんな立派に老けていた。髪の毛が無くなったやつも、真っ白なやつも、女性だって、横に膨らんだ人も沢山いたし、みんなシワもいっぱいあった。でも、声や人柄は昔と全く変わっていないのだ。

話題に困ることも全くなかった、いや、何から話していいのか話が途切れずに結局2次会までなだれ込み、終電近くまで旧交を深めることが出来たのである。(ただ憧れの彼女だけは「残念ながら」欠席でした)

時間がタイムスリップするとはまさにこういうことをいうのだろう、来ていたみんなが楽しそうだった。60人近い全員が自己紹介をした。

幹事を引き受けてくれた仲間が用意してくれたのは高校時代の写真のスライドショー。スクリーンに映し出される30年前の写真の数々に僕は懐かしくて不覚にも涙してしまった。

多くの仲間とアドレスの交換をした。

これで、
(これからは会おうと思えばいつでも会えるんだ)
と思うと、人生の楽しみがいっぺんに増えた気がした。

かつては僕を苦しめたメールが今回は僕を幸せな時間へと導いてくれた。
昔、ひどい目に遭って大嫌いだった女性が、時を経てこんなに優しかったのかと気付く、そんな感じだろうか。

1通のメールが運んでくれた初夏の素敵な贈り物でした。

僕は心の中でつぶやく。

メールよ、ありがとう！

45　マーフィーのクイックカット

◆ここ最近のお話

駅までバイク通勤している、50ccのスクーターだ。小高い丘の頂上付近に住む僕にとってスクーターは欠かせない。手軽で便利、坂道もスイスイ、小廻りも利き季節のいい時は風も爽やかだ。強いて難を挙げれば、冬場の身を切るような寒さと雪が降ったときは情けないほどに役に立たなくなる事だろうか。急坂のアイスバーンをスクーターで降りるときのスリルはまさに「命懸け」だ。しかし、200メートルほど下の下界に下りると普通通りに運転できるので、毎年何回かはこのアドベンチャーに挑んでいる。

さて、駅にたどり着くまでに大きな関所が存在する。それは「踏切」だ。借りている駐輪場にたどり着くためにはどうしてもある一箇所の踏切を通らねばならない。オーバークロスする迂回路がないわけでもないが、距離にすると3倍近くかかる。

この踏切はタイミングによっては非常にクリアの難易度が高い。東京都心部には数々の有名な「開かずの踏切」が存在するが、ここは東京の郊外、都心ほど電車の密度が高いわけではない。しかし、これがなかなかの難敵なのである。

理由は「駅に隣接している」という事である。踏切の仕組みはおそらく、「ある一定の距離の箇所を電車が通過するとセンサーがキャッチして電車の接近を伝えるよ」というものだと想像する。したがって、踏切が閉まって例えば30秒後に通過と予測ができる。

しかし、駅の近くはどうだろう。駅を電車が出てから遮断機が降りるのでは遅いわけだ。当然駅に電車が着くと踏切は閉まる。したがって、遮断機の降りている時間が必然的に長くなるわけだ。ここからは皆さんにも経験があると思うので心の中で「あるあるー」とうなずきながらお読み下さい。

（おいおい、もう10分近く閉まってるぞ、いいかげんにしろよ）

（日本の技術なら発車ベルに車掌が近づいたら遮断機が降りるとかもう少し何とかなるんじゃないの）

待ち人の心を知らぬかのように駅からゆっくりと電車が走り出す。

（ようやくだぜ）

電車がスピードを上げ、正に最後の一両が踏切を越えようとした瞬間!!

（あーーーーー！！！）

無情にも反対方向の矢印が赤く燈火された！

（あと1秒早く抜けていれば、いったん遮断機上がったのに……もう、イヤ!!）

いわゆる「**マーフィーの法則**」というやつがある。

◎洗車した日に限って予想外の雨に降られる。

◎トーストを床に落とすと決まってバターの面が下になる。の類で、つまり、

「どーしてそうなるの！」

「不思議と悪いタイミングの方へ行っちゃうんだよね」という「アンラッキーの法則」である。

まあ、偶然なのだが、悪いことや悔しいことは印象に残るのでそう感じるのだろう。踏切もこの法則に当てはめると「急いでいる時に限って、1秒の差で遮断機が開かない」となるわけだ。

そんな僕が最も切実に関する事例がある。
それは「クイックカット」だ。

僕はここ5年ほど10分1100円のいわゆる「クイックカット」にしか行ったことがない。経済的な理由が大半だが10分で終わるので時間効率的にはとてもいい。

なるほど「忙しい時に限って赤いランプ点滅」というわけでしょ？

違うのだ。
僕の場合……それは理容師さん。
僕の行きつけのお店はもちろんその日のシフトによって違うのだろうが、主として三名の理容師さんがいる。

理容師さんA　おそらく店長さん
カット上手　過去に不満一切なし。

理容師さんB　ちょっと太めの男性
カット微妙　終わったあとに若干の違和感
理容師さんC　おそらく新人か見習い
2か月くらいで顔ぶれも変わる　接客下手　カット推して知るべし

勘のいい方はもうお分かりであろう。クイックカットはそのコストの安さゆえ、理容師さんを選べないシステムとなっている。当然僕としては店長さんにカットして欲しいのだ。店の中を覗いて店長さんがいないと帰ることもあるくらいだ。

しかし、これがもうことごとく当たらないのである！　確率3分の1をはるかに下回る当選率だ。

基本的には3人が順番に空いていくので、運の勝負となるが、それでも完全な運ではなくここにはテクニックが存在する。

作戦その1　「店内偵察作戦」

中の様子と待ち客の数を数える。
（うむ、今入ると順番的に小太りBさんにあたってしまう、ここは一人客を待って店長さんと遭遇せねばならない）

僕は一人だけ入店客を待ち「よしっ」と心に叫んで入店する。

（今日こそは店長さんだ！）

しかし、甘かった！　ここには大きな落とし穴があった。

僕の三人先のお客さんがこう注文した。

「スポーツ刈りね」

スポーツ刈りは意外にも時間がかかる、バリカンで刈り上げたあと、丁寧に揃えるので「全体に1センチくらい切ってください」の3倍ほどの時間がかかるのだ。

担当は店長さんである。少しして、僕の前の二人がほぼ同時に見習いCさんと小太りBさんに呼ばれる。

順番的に次の僕は店長さんにカットしてもらえるはずである。しかし……、
二人のお客はそれぞれ同じような注文をしたのだ。

「揃える程度にね……」

（……）

かくして、ものの5分程度でカットは終了し、僕は小太りBさんに呼ばれた。となりでは店長さんがスポーツ刈り男性の仕上げを見事な手つきで行っていた。

作戦その2　「どうぞお先に作戦」

作戦その1に失敗した僕は次なる完璧な作戦を考えた。それはある日のこと、今日も順番で行くと店長さんの一つ手前で見習いCさんに呼ばれてしまうことがほぼ確実であった。しかし、ここで僕はある妙案を思いつく。

(一人譲れば……店長さんじゃん!!)

僕の心は躍った。

(何で、こんなに簡単なこと思いつかなかったんだ)

そして見習いCさんが前の人の調髪を終えて掃除も済み、いよいよ僕を呼ぼうとした時、僕は小芝居を打って出た。

僕の後に座って待っているお客さんに、

「あの、ちょっとトイレに行きたくなったんでお先にどうぞ」

僕がにっこり微笑むとその方は、

「いいんですか、ありがとうございます」

と僕の遠大な計画に気づくこともなくお礼を言って調髪の椅子へと向かっていった。

(よし、完璧だ……)

僕は心の奥でほくそ笑みながら店の外にあるトイレにいく振りをしてまた店内に戻る。

こうして、僕はおよそ1年ぶりに店長さんにカットしてもらえる時が来たのだ。

店長さんが前の人の調髪を終えて掃除にかかる。

僕は落ち着き払って呼ばれるのを待った。

掃除終了。

（さあ、いよいよだな）

と立ち上がらんとしたその時である。

「すみません、休憩入ります」

「えーーーーー！！！」

かくして僕はこの日も小太りBさんのふくよかなおなかを眺めるのであった。

僕の愛が次に届くのはいつの日であろうか……。

46　求む！　チェーリング同志

◆12歳の頃

大人になって酒を飲んだ時の話題の一つに「なつかしネタ」がある。芸能界の話題然り、学校の話題然り、他愛のない話題であり、また結構盛り上がるものである。上司の悪口を肴にするより精神衛生上もよほど好ましい。

たいていの話題には賛同者がおり、話題を提供した者もかすかな満足感とともにひと時の楽しい時間を過ごすことができ「一同、メデタシ・メデタシ」となるのだが、僕の経験上、いまだかつてただの一度も話が合わなかったネタがある。

カテゴリーは子供の頃の遊びの話、カン蹴りのローカルルールの違いに始まり、色オニ、高オニといった鬼ごっこもの、はては、駄菓子屋ネタの「念力けむり」や「ハッカ紙」等どの話も「あー、あったあった」「おれの田舎ではさぁー」といった具合にたいていは「なつかし感」を共有できるものなのだが、こいつだけは賛同者に出会ったことがないのである。思うに、単に偶然にもこの遊びに興じた友人に出会わなかっただけなのか、またはこの遊びがよほど偏ったローカル的なものであるからなのか、そのどちらかであろう。

その遊びとは「競技・チェーリング」

チェーリング自体は知られていて、ネットで検索してもちゃんと登場する。色とりどりのプラスチックの小さなリングが20個入って駄菓子屋では一袋10円で手に入る。女の子はアクセサリーとして遊ぶことが多く、男でよく見かけたのは自転車のタイヤのスポークにはめる遊び方で、タイヤが回転するたびににぎやかな音とカラフルな色彩が見る者の目を楽しませた。学校のお楽しみ会などの飾りつけに利用されていた記憶もある。

僕の小学校5年生から6年生にかけてこいつを使った「競技」「ゲーム」が僕の周辺で一世を風靡した、誰が考えたのか知らないが今思い返していてもルールが秀逸で劇的に面白かったのである。ここに記すことでもしかすると同好の士と出会えるかもしれない、思い起こしてちょっと紹介してみたい。

競技には大きく分けて二通りある。

①「あてっこ」

非常に単純なルールで、リング10個を二重につなげたものを一つの駒としてお互いに交替で相手の駒をねらって投げたり、転がしたりして当て合う。当てることができればその駒は自分のものになり、当然当てられれば相手に取られてしまう。ここにメンコに通ずるギャンブル性が隠されている。10円とはいえ、子供にとってはお金を払って買った貴重な宝物だ、こいつを取られた時の悔しさ、取った時のうれしさ……名人は奪った「戦利品」をすべてつないで肩から足もとまで長々とぶら下げては得意満面という光景がよく見られた。ちなみに僕は決して上手なほうでなく、首にネックレスのように一巻きするのがせいぜいであった。

ただ当てるだけではなく、ちょっとした細かい規定がある。一つはあてた駒と自分の駒が最終的に触れ合っていると反則となり、いくら当ててもそれはあてられた側の勝利となる。あてられた側にとってはタナボタ式の勝利であり、相撲でいえば相手の勇み足で勝った気分となる。したがって当てる側にはある程度のスピードと勢いが必要となる。

さらに、ルールの秀逸さとして特筆すべきものに「目」がある。これは、自分の駒や相手の駒がくつ一足分の近さにある時に行われる。この際、次の競技者は駒を直接狙うことはできない、相手の駒を自分の靴を90度に開いた間に置き、目の高さから落として当てなければならない、落として当てることはたやすいが、ここで前者の規定が邪魔をする。上から落とす駒には勢いがなく、うまく落とさないと相手の駒の上に重なってしまうのだ。こうなると相手に取られてしまう可能性が高く、結果として「目」を避けてわざわざ5センチ先の相手の駒から逃げるという弱気な戦法も出現するわけである。このルールによって、ある程度の距離をおいて駒を狙わねばならぬという技術が要求されれのだ。

②「だしっこ」

こちらは「あてっこ」の進化系である。競技者は駒を二つ用意しなければならない、一つは自分が敵の駒を狙って当てるための傭兵、もう一つは人質のような扱いの駒になる。地面に適当に円形の輪を描き、各自がこの輪の中に人質を入れる、こいつを自分の傭兵によって輪の外に出すという競技だ。ちなみに、出すのは自分の人質に限らずどれを出しても有効だ。

競技順を決めるのもスリルがあった、5メートルほど先に線を引き、線に向かって駒を投げる。線に近いところに投げた順に競技が始まる。バイクのチキンレースのイメージだ。もちろん線を越えたらドボンで最下位のスタートとなってしまう。

競技者はなるべく輪に近い所に傭兵を投げ置き、その場所から人質めがけて傭兵をぶつけ、その勢いで駒を奪取する、これはゴルフに近い。投げて駒が落ちた場所が次に自分のプレーする場所になるので、当然輪にできるだけ近い所にポジショニングしたい。しかし、ここにも絶妙なルールが存在する。輪の中に傭兵が入ってしまうとその時点でドボンなのである！　傭兵はおろか、人質さえもこの時点で自分の手から失われてしまうのだ。

危険は避けたい、しかし、弱気になって輪から遠い所にポジショニングすると当然の如く人質への命中率が下がる。ここに、各個人の技量と作戦が問われることになるわけだ。

輪の中の人質をすべて出し切ると、ここからさらに「あてっこ」が始まる。そして、最終的にただ一人の勝者が残るのだ。

さらにこの「だしっこ」には恐るべき高等技術が存在する！

それは……憎き相手が今回の試合に参加している際に画策される。競技はだいたい、4、5人で行われるが、その中に宿命のライバルがいたりした場合、人質を奪うことからあえて目をそむけるのだ。今、敵は、輪からわずか5センチという絶好のポジションに駒を置き、満面の笑みを浮かべている。ここで、画策者は人質ではなく敵の傭兵をめがけて駒をぶつけ、相手を輪の中に入れてしまうのだ！これで相手は一瞬にしてドボン、満面の笑みは一瞬にして悔し涙へと変わるのだ！

ただし、この作戦には大変な危険が伴う、そう、相手とともに自分の傭兵も輪の中に呑まれてしまう危険性が極めて高いのである。自分の駒を輪の外に逃がしつつ敵の駒を輪の中に入れるのは非常に高度な技術を要するのだ。この点はビリヤードやカーリングに近いものがある。

こうして、敵に狙われないように配慮しつつも、良いポジションを確保して、人質を奪っていく。ここにこの競技の面白さと難しさがあるのだ。

いったい誰が考えたのであろう、今思い出しても本当によくできたゲームなのだ。

星新一氏のショートショートにこんな話がある。あるおもちゃメーカーの社員が何人か、不思議な任務を受ける。それは、無人島のようなところで何一つ仕事をしなくてもよいという条件で長期間拘束されるというところから始まる。社員たちは次第にヒマをもてあまし、最終的に自分たちで今まで誰も考えなかったようなゲームを発案する。実は、これこそが会社の狙いだった、という内容である。

自分たちで作り上げたゲームはコンピューターゲームにはない面白さを秘めているのである。この文章を読んで、チェーリングにハマったことがあるあなた、ぜひその体験をお聞かせください。

いつの日か、競技チェーリング全国大会が開かれる日を祈っております。

47　説得力

◆50歳の頃

説得力……相手を説得させるだけの力、または話し方や論理。

「説得力」を辞書で調べてみると右記のようになる。

話を聞いていて「ああ、この人の言う事に従ってみようかなあ」と感じさせるのはまさにこの「説得力」にかかっているといえよう。説得力の中身にはいくつかあろう。先に出た、

①「話し方」や②「話の論理性」なども大切だろう。

③「表情」も欠かせない。相手の目を見て真剣に話せば大抵の事は真面目に受け取ってくれるだろう。

④「声のトーン」はどうだろう。高い声でまくし立てられるよりは、落ち着いた低い声でゆっ

くり話されると人は相手を信用する確率が上がるそうだ。

⑤「データ」これも大切だ、数値を見せられて話をされれば「ふむふむ」ということになる。

⑥「知名度」も関わってくる、芸能人が時おり広告等に使われるのも「あの有名な人が使っているのだから間違いないわ」という効果にほかならない。

そして、一番説得力のあるもの……、

それは⑦「実績」である。大谷翔平君が野球のアドバイスをした時「それは説得力がないですね」とは誰も言えないはずだ。こと野球の世界に限っていえば、彼以上に実績を残した選手はいないわけだから、その話にはほぼ全ての人が頷くしかない。

さて、そんな「説得力」において非常に大事なものを、僕はつい最近ひょんなことから発見したのだ。

秋になると毎年行っている通年行事がある。

それは……インフルエンザの予防接種！

もっとも僕は成人してからインフルエンザなるものに一度もかかったことがない。A型・B型・ソ連型・香港型、なんでもかかって来い！と嘯いている。

本当に30年間罹患率0パーセント！なのだ。しかし、インフルエンザは実に恐ろしい。毎年たくさんの人が命まで奪われているのだ。かかった時のつらさを考えると毎年予防接種だけは欠かさない。

僕は平熱が5度9分程度と低いので、発熱に弱い。普通の人なら微熱に当たる7度程度の熱でもフラフラになる。38度もあればヘロヘロである。

4歳の頃に一度だけ40度の熱を出したことがあるが、その時の感覚は今でも記憶に生々しい。やれ天井は落っこちてくるわ、やれ叫び声は聞こえるは、幻聴、幻影のオンパレードであった。

聞くところによると、インフルエンザにかかると39度台の熱が出るというではないか。そんな熱が出ようものなら僕はもう瀕死状態である。そうならないためにも毎年受けているのだ。

さて、昨年の秋、休みの日に注射を受けに行こうとすると、たまたまいつも行っているかかりつけのお医者さんが休みであった。

(まあ、予防注射ならどこでも同じだよな……)

というわけで、僕は近所の駅のそばにある内科医に飛び込みで診療を申し出た。

「あの……インフルエンザの予防接種って、今日受けられますか」

受付で申し出る。

「はい、大丈夫ですよ、熱はありませんよね」

あっさりと許可が出る、医者によっては予約制のところもあるので一安心。

「はい、よろしくお願いします」

「では、そこに座って問診票をお書きください」

「分かりました」

体温を測りつつ待つこと5分、看護師さんから声がかかった。

「じゃ、どうぞ診察室へ」

「はい」

僕が診察室に入ったその時である。

「予防接種ですね、問診しますから座ってください」

僕は一瞬その場に立ちすくんだ。

見てはならないものを見てしまったかのような同様であった。

僕の目に飛び込んできたのは
(お・お・おすもうさーん?)

僕を診察してくれるお医者さん……推定体重120キロ超！　見た目は、髪型こそ違えど力士そのものである。背はそれほど高くなく業界用語で言うならば小兵のアンコ型だ。

今の力士はよく分からないが、僕らの世代で言うとカブリ寄りで有名な「荒勢」か二代目の「朝潮」といえば通じるだろうか。

「今日の体調はどうですか？」と荒勢関。
「あ、はい、大丈夫です……」と僕。
「じゃ……うちましょうか」と荒勢関。

と言いつつ僕の腕を優しく押さえて注射してくれる荒勢関であった。

これだけ巨漢のお医者さんに僕は人生で初めて出会った。別に太っているからダメだとは言えないだろうが、「説得力」の観点から行くと非常に「ダメでしょ」となる。

（あなた……糖尿病の患者さんの指導……ダメでしょ……）
（健康指導……ダメでしょ……）
（見た目が不健康のかたまりでしょ……）

ここに僕は発見した。

「説得力」に欠かせないものの一つに⑧「ルックス」がある‼

●色白のサーフショップ店員
●華奢なスポーツインストラクター
●毛深いエステティシャン
●無表情なレースクイーン
●おネエ言葉の魚屋の大将

いずれも職業のプロとして指導を受けたり、ものを買ったりするには「どうだろなー?」と疑問符がつく。
ちなみに僕はこの年、30年ぶりにインフルエンザにかかった。

教訓　その道のプロとして活躍するにはルックスも大切に……。

48　人生午後1時

◆18歳の頃

大学に入学してまもなく僕は病気にかかった。その名も「五月病」である。結構、重症であった。大学合格を目指して必死に受験勉強していた毎日から解き放たれてバラ色の学生生活のはずが……いざ入学してみると青年を待ち受けていたものは……。

講義はマンモス教室でのマイクを使ったマス授業、それまでの学校生活と違い自分の教室もなければ、机もない、自分の居場所がなくなった感覚で、ほどなく登校拒否に……。

何をするのも億劫でやる気が起きない……周りから見れば贅沢な悩みだと思うが本人にとっては非常に辛い。しっかりとした目的や目標を持たずにとりあえず大学の合格だけを目指して受験勉強をしていると、入学後にこうなるらしい。僕の場合、治癒に半年ほどかかり、危うく大学を辞める瀬戸際までいったのだ。

僕は自主的に「休学」してアルバイトを始めた。バイトしている間はなんとなくぼんやりとした充実感があって「生きている」感じがした。でもって、また学校に行くとやっぱり授業が退屈で仕方ない、チャラチャラ遊んでいる学友を見ると更に気分が重くなった。（遊んでんじゃねーよ）などと心の中で叫ぶ、何ともめんどくさいやつである。

一か月ほど自主休学した僕はバイト先の工場で同じ大学生と出会う。名前は町田くんといった。僕より二つほど年上の大学3年生だった。初対面の時から何となく気になり、3日目には休憩時間に話すようになった。不思議な魅力のある人で、無表情で飄々とした立ち居振る舞いは、日々の鬱屈感に悩む僕にはない独特の「軽さ」のようなものがあった。

ある日、その日も休憩時間に二人きりになったので僕は思い切って聞いてみた。

「町田さん、卒業したら何をやるんですか？」

「うん、エンジニアになるつもりさ」

町田君は理系の学生だった。

「いいですね、俺、今何も目標がなくて……」

「そうなんだ……」

町田君には何でも本音を言えるような気がして、僕はもう少し悩みを相談してみた。

「何だか、このまま何もしないで時間が過ぎていくみたいでたまらなく焦るんです」

その時の町田くんの答えは、

「焦ることないんじゃない……人生を1日に直せば、18歳なんて朝の6時くらいじゃない、まだ起きたばかりで寝ぼけてるんだよ」

この言葉を聞いて僕はしばらく沈黙した、そして、

「そうか……まだ朝の6時か……」

よく使われる喩えだが、その時の僕の心に染み入るように入っていったのを覚えている。

1週間のバイトを終え、その後町田くんとは永久の別れとなるが、この言葉で僕の気持ちはすっと楽になりそして大学に復帰することができたのだ。

この喩えはその後も様々な場面で自分を元気づけ、また、同じように悩んでいる人がいたときには町田くんの言葉を受け売りして進んで使ってみた。

その後僕は中学の先生になるのだが、卒業文集ではいつもこの言葉を卒業生への「贈る言葉」としていた。

君たちはまだ15歳、1日に喩えればまだ目覚める前の夜中の3時すぎだ。まもなく空が白んできて、君たちは朝を迎える。今、学校でしている勉強や、友達との付き合い、様々な体験、そして数々の悩みさえも……それは目覚めたあとに生きていく糧として蓄えられているんだ。

やがて目覚めたら、力いっぱい走り出せ、一生懸命に走ればきっと昼飯も美味い、疲れた時はちょっと休んでお茶でも飲めばいい、再び走り出した先にはきれいな夕焼けも見えるだろう。そうして頑張った者には安らかで楽しい夜の宴が待っている。

そこまで走りきる体力をつけるために、今、勉強をするんだ！

どうです、ちょっとかっこいいでしょ？

その後僕は何度か仕事で挫折し、40歳で二度目の転職をした。転職活動中は正直、精神的にはかなりきつかった。若い頃の転職と違い、そう簡単に仕事が見つからないからである。

そんな時もこの町田君の言葉は僕に心のしなやかさを与えてくれた。

「人生まだ午後1時！　さあ、また頑張ろう！」

今、悩んでいるあなたにもこの言葉を贈ります。

♪　今日は何だか仕事に疲れて　臆病風が身体をよぎる
誰かの何気ない言葉さえ　胸に突き刺さる
吹き付ける雨に傘も折られた　うつむけば涙もこぼれて
重い足取り　引きずる心　全てが嫌になるけど……
でも　人生まだ午後1時……
……少しだけ足を止めて休むもいい
やがて訪れる夕焼けの空に向けて
また歩き出す　それも人生　♪

「人生午後一時」作詞・作曲　ぼく

49　拝啓　ペスタロッチ様

◆22歳の頃

ヨハン・ハインリッヒ・ペスタロッチ

この名前を聞いてピンと来る人は少なくとも「教育学」をかじった人と思われる。

大学で教職課程を取ると「教育史」もしくは「教育原理」を学ぶ中で幾度となく登場する名前である。著書『隠者の夕暮』はなんとなくそのタイトルが印象深いことと、当時、東京都の教員採用試験で必ず出題されることから、著書を読んでもいないのに、

「やっぱりペスタロッチだよな」

などと嘯《うそぶ》いてみたものだ。何が「やっぱり」だか全くもって分からない。

そんな僕だが、大学入学当時から教職志望だったため、他の一般教養などは本当に勉強しなかったが、教職課程だけは真面目にやった（つもりである）。

「教育原理」なる教科は非常に格式高く、名前もカッコがいいのだが、いわゆる「原理」なので、実践と結びついているかといえばちょっぴり疑問だ。その証拠に、今その内容を思い出せと言われると、

「やっぱりペスタロッチだよな」だけである。

さて、そんな「教育というものは」とか「歴史上の教育者は」などという知識を一通り詰め込んで、教員採用試験にかろうじて引っかかった僕はとある下町の中学校に赴任した。

そして、先生としての輝かしい第一歩を踏み出すことになる。

しかし、「希望」に燃えたその志と、一生懸命覚えた教育原理の知識は赴任してわずか1週間で宇宙の彼方へと飛んでいってしまった。

学校が荒れていたのである。

東京でも五本の指に入るくらい荒れていたのである。

ちょうど、校内暴力の嵐が吹き荒れた昭和50年代、60年代はピークこそ過ぎていたが、その余波はまだ十分に残っていた。

「荒れる」というとテレビドラマの世界と思う方もいると思うが、それと変わらぬ漫画のような世界が現実として繰り広げられていた。

僕は日頃の行いが悪かったせいか、赴任した三校ですべて「荒れた」状態を体験した。ちょっと列挙してみると、

●授業中廊下で爆竹が鳴る。
●廊下を自転車が通り過ぎる。
●屋上から砲丸が落ちてくる。
●授業に行くと教室の後ろで複数の生徒たちがプリントで焚き火しながら喫煙している。
●職員室の教頭先生の机の上で生徒が寝ている。
●先生や生徒が自殺する。
●しばらく休んでいた中三の女の子……実は産休だった。

などなど……ほとんど漫画の世界だが、これはすべて実話である！　僕も殺人以外の非行はほぼ経験した。全てのエピソードを列挙するとこのエッセイ１００話分でも収まりそうにない。

青年教師はカルチャーショックを受ける。

１週間で登校拒否したくなった。

赴任早々、先輩の先生たちが貴重なアドバイスをくれる。

「サンダルはだめだ、生徒を追いかけるとき転ぶ」

「ネクタイもしないほうがいいよ、首締められるから」

など大変「貴重な」アドバイスの数々だ。

僕は「はい」と頷くばかりだ。

さて、新学期が始まり３日目くらいには正式に授業が始まる。僕は職員室に貼ってある一枚の表に目をやった。

「先輩、あれ何ですか？」

「ああ、あれか、あれは校内巡回表」

「巡回表？」

「そう、授業が空きの先生が三人ひと組で校舎の中を見廻りするんだよ」

　この表の存在を知っている人には僕の体験が分かるはずだと思う。いわゆる当時の「荒れた」学校においては、授業のない時間＝パトロールの時間なのだ！　ちょっと休んでお茶を一服とか、教材研究をしなくちゃとか、そんなゆとりはない、そうした事務的な仕事は生徒がすべて下校した夕方以降でないと難しかった。


　さて、そんな僕の校内巡回初回の日だ。先輩の先生と一緒に職員室で準備をする。


「はい、これ」

「何ですか？」

「バケツと鉄バサミ」

「何に使うんですか」

「タバコの吸い殻とかゴミを拾うんだよ」

「はあ……」

というわけで僕は左手にバケツ、右手に鉄バサミを持ち、初めての校内巡回へと旅立った。

さて、いざ旅が始まるとたくさんの試練が必ずと言っていいほど待ち受けている。

授業中であるはずなのに廊下や玄関にはたくさんの生徒が座り込んでいる。中にはタバコを吸っているやつまでいるのだ。この生徒たちを教室に入れることが大きな仕事の一つだ。

そうは言っても相手は集団だ、そう簡単に言うことを聞くなら苦労はない。時にはつかみ合いになることもある。

ある女の子たちの集団に出くわした。廊下に座り込んでいる。僕は勇気を振り絞り声をかける。

「教室に入ろう」

しかし、彼女たちにとっては初めて見る新米教師である、人間関係のカケラもできていない、当然言う事を聞くわけもない。

「うるせーな、お前ら嫌いなんだよ！」

と罵声が返ってくる。

新米の僕はどう対処したらよいのか戸惑っていると、その時である。

一緒に回っていた先輩の先生が彼女の顔に自分の顔を近づけてニコッと笑いながらこう言った。

「でも、オレ、お前のこと好きだよ」

そして、その女の子を手を引っ張って教室に入れようとすると今度は、

「触んじゃねーよ！」

という罵声が……。

（先輩どうするんだろう……）

僕が心配しているとその先輩は何と！

「それじゃいっぱい触ってやるー！」

と叫んで！　その女の子の背中を両手でベタベタ「触るフリ」をしながら廊下中を追い掛け回したのだ。

すると不思議なことに女の子たちは「気持ちわりー」などと叫びつつも何だか嬉しそうにキャッキャと逃げ回り、最後には、

「分かったよ。教室入りゃいいんだろ」と教室に入っていくではないか。

そして、先輩はそのあとで僕に向かってドヤ顔で一言。

「いいか、女の子は愛してやるのが指導のコツだ、分かったか」

「は、はいっ‼」

僕は（この先輩すげー）と感心した。

そして（この先輩について行こう）と決心した。

僕の赴任した下町の中学校は地域柄家庭が経済的に苦しく、親が仕事と生活に精いっぱいで、それゆえに親の愛情に飢えている子供たちが山のようにいたのである。僕が知る限り、生徒が非行に走る原因の8割方は家庭の愛情不足であった。そんな生徒に正論を振りかざしても1ミリも伝わらないのである。

拝啓ペスタロッチ様

大学で学んだ高邁な教育原理は実際の教育現場では何の役にもたちませんでした。僕がそこに見たものは、情熱と経験とを元にした生々しい教育であり指導でした。どんな著名な書物を読むよりも、実践に勝るものはないのです。

今も「いじめ」を中心とする数々の苦難を教育現場は抱えている、僕は教師としては16年で挫折をしてしまったが、今も現場で奮闘する先生方に敬意を表して止まない。

全国には日々悩んでいる若い先生たちがたくさんいると思う、時折書く学校についての僕の経験談が、そんな悩める若き先生方にほんのわずかなヒントになってくれたらとてもうれしい。

頑張れ！　中学校の先生たち！

50　秋の幽霊

◆21歳の頃

「事実は小説より奇なり」

大学4年の秋、僕は卒業旅行を気取り瀬戸内の海辺の町や離れ小島を十日間ほど一人でぶらぶらと旅していた。

時は十一月半ば、紅葉も終わり旅としては季節外れ、学生の旅なので平日ということも加わり宿泊する宿はどこもガラガラの状態であった。

宿泊はたいていユースホステルを利用していた、素泊まりで1800円、格安だ。当時、学生の僕の感覚で言うと5000円以上の宿に泊まることは相当の贅沢であり、一泊2万円などという旅館の料金を聞くと天の上のお話という感じだった。

一人旅は気楽でいい。僕は大雑把なプランだけを決めて、その日の気分で翌日の宿泊地を選んだ。満室になることはほぼ皆無で、前日に予約の電話を一本入れれば事が足りる。

この日は笠岡港からフェリーに乗り、笠岡諸島の真鍋島に向かう、秋の少し冷たい潮風と澄んだ青空の下、フェリーは小さな島の港へと僕を運ぶ。

この島には三虎ユースというユースホステルがあった。予想通りホステラーは僕一人、夜にはペアレントのおじさん夫婦とこたつに入りながら夕食の天ぷらをご馳走になる。まるで田舎のおじいちゃんおばあちゃんの家に遊びに行った気分である。

この島での思い出の一つに夜の風景がある。夜、僕は宿を抜け出し海辺に出かけた。小さな島には電灯も少なく、夜も9時をすぎれば民家の灯りも消えて、星灯りだけの静かな世界となる。ところが、そこにちょっぴり驚く光景に出くわした。港から見た島のある一部分が光り輝いているのだ！　それはまるで漆黒の闇に浮かぶ光の雲、砂漠の中にそびえるラスベガスの街かと思うような見事さだ。

この光の正体は……「電照菊」。たくさんの菊に夜中、煌々と光を当て続けることによって「おいおい、菊くん、まだまだ季節は夏だよ、花を咲かせるには少し早いからもうしばらく蕾のままでいるといいよ」と菊をだまくらかして開花時期を遅らせて出荷するという仕組みだ、この島の伝統産業らしい。

それはとても幻想的な光景だった、海は闇に包まれ、波の音だけが耳に忍び込む、振り返れば、波の音をバックに島の一部だけが光り輝き、闇の中に浮かび上がっているのだ。
僕は1時間近く、海辺でこの夢のような世界に身を委ねた。

その光景を瞼に焼き付けたまま、翌朝、僕は島を後にし、再びフェリーで次の街に向かった。

あくる日訪れたのは広島県「尾道」。この街は僕のお気に入りで今回で三度目の訪問となる。日がな1日坂道の連なる街中を散策し、千光寺公園から見下ろす港町の景色に心をときめかせていた。

さて、この日の泊まりは尾道友愛山荘というユースホステル。夕方、チェックインをすると予想通りこの日の泊り客も数えるほどということだ。ユースの楽しみは知らない旅人と知り合い、にぎやかに過ごすのもその一つだが、こうしたひっそり感も決して嫌いではない、不思議な旅愁に駆られてちょっとセンチな気分、僕は一人部屋へと向かった。

部屋に入ると、おやっ、先客が……、
「こんにちは」とあいさつをする。
「……」返事がない。
「よろしくおねがいします」と付け加える。
「……」かすかに会釈が返ってきたようにも感じたがやはり無言……。

三十過ぎといった風の男性は青白い顔をしていてまるで生気がない。

「不気味な人だなぁ……」と思いつつベッドで荷物の整理を始める僕。

16ほどのベッドがある部屋だったが、何しろ泊り客は二人きりである、何も話さずに過ごすのも気まずいものだ、僕はもう一度だけ話しかけてみた。

「どちらからいらしたのですか？」

「……」やはり無言。不思議に腹は立たないのだが、気味が悪い。もう話しかけるのはやめにしよう。

食堂で夕食をとり、入浴も済ませた、ほとんど貸し切り状態である。

そして、その夜「事件」は起こった……。

消灯時間が過ぎ、僕はベッドで読書灯をつけてガイドブックなぞを眺めつつ一人静けさに心を落ち着けていた、秋の夜長はなかなかいいものである、すぐに寝てしまうにはもったいない。

その時だ、何か声が聞こえる……。

そっと耳をそばだてる……。
それは誰かのすすり泣く声のようだった。

僕は一瞬背筋を凍らせて身を固める、旅先での心霊現象はよくある話、ましてこの日は秋の夜、ほとんど泊り客のいないさびれた部屋というシチュエーションはお化けが出てくるには恰好である。ちなみに僕はお化けがあまり好きではない、できれば一生お友達にもなりたくない、かつて一度だけ金縛りにあった時も決して目を開けることなく「僕はあなたの言うことが分かりません、どうか話を聞いてくれる人の所へ行ってくださいませ、おねがいします！」と念じ続けたというほど度胸も据わっていないのだ。

すすり泣きはまだ聞こえる、良く聞くと男の声だ、お化けとはできるだけお会いしたくないがそれでも一万円もらう代わりに絶対会わなくてはいけないとしたら女性がいい、そんな願いも叶わない状況が目の前に来ているようだ。

僕はおそるおそるベッドから出て、おそるおそる部屋の外をのぞいてみた……。

すると、いた！　そこには一人の男が座ってすすり泣いているのである。

「ひえ～～」

さらに、男は僕に気づいたのか立ち上がり僕の方へやってきたのである。

「ひえ～～～～～～」小心者の僕はただただおびえて立ち尽くすのでありました。

「すみません！　一緒に来てくれませんか？」

「？？？」

男が僕に話しかけてきた。よく見るとそれはさっき部屋にいたあの不気味な男なのである。

「お願いです！　一緒に来てくれませんか。お願いします！」

「……」

様子からしてどうやら危害を加えられることはなさそうである、また、足があるところを見るとお化けでもなさそうだ、僕もなんとか気を取り戻して、ゆっくりと聞き返してみた。

「ど、どうしたんですか。泣いているみたいだけど……」

「私の死んだ女房がいるんです！」

「!!　なるほど、そういうわけか。この人はお化けじゃないけど別にお化けがいるということか」

「お願いします……」

「ぼ、僕、お化け苦手なんですけど……」

「一緒に来てくれるだけでいいんです。お願いします！」

お化けに会いに行くのは本意ではないが、三度もお願いされては致し方がない、僕は腹をくくり

「わ、分かりました」

男はすすり泣きながらも僕を引連れて、ユースの中にあるミーティングルームに入っていった。
そして、部屋の壁に貼ってあるポスターのところで佇み、再び僕にこう言った。

「これ、私の女房なんです!!」

どうやらお化けじゃないようだ……。

「よく分かりませんが、話を聞きますよ」

「あ、ありがとうございます……」

これから記すのは怪談話の種明かし。

彼は椅子に腰をかけると涙を流しながらしかし落ち着きを取り戻して静かに話し始めた。

彼の話は次のようなものである、彼は長野県でペンションを経営している、結婚して5年、ペンションのほうも順調だったらしい。

しかしそこで悲劇が彼を襲った。彼の奥さんと二人の子供を乗せた車が交差点で出会いがしらにダンプカーと衝突してしまったのだ。三人とも即死だったそうである、わずか2週間ばかり前の出来事だった。葬儀を済ませたものの彼の心に与えた悲しみは計り知れないものである、仕事をする気持ちも起きず、ペンションを一時《いちじ》閉めて一人で旅に出かけたのもうなずけるところであろう。

彼も旅好きで奥さんとは旅先で知り合った。奥さんも旅好きでホステラーとして全国を回っていたそうだ。そして、今日泊まったユースで彼はあるものに気づき目が釘付けになった。

それは、ユースホステルの利用を呼びかけるPR用のポスターであった、そこには多くの若者たちの、多くの旅人たちのたくさんの笑顔の写真があった。

「ユースを利用して楽しい旅を、楽しい思い出を！」といった趣旨のポスターである。

彼はその写真の中に、在りし日の奥さんの姿を偶然発見したのである、そこにはまさに青春を謳歌している一人の優しそうな女性がこちらに向かってあふれんばかりの笑顔を投げかけていた。

「私も知らない写真です、結婚する前のものでしょう」

彼は、その写真を見た瞬間に奥さんと過ごした楽しい日々、残酷なまでの別れの悲しみ、ありとあらゆる思い出が一気に噴き出して誰かに話さずにはいられなくなったのであろう。

「私に会いに来てくれたような気がして……」

僕は心に決めた「今夜はこの人につきあおう」と。

「よかったら気持ちが済むまで話してくれませんか、つきあいますから……」

「ありがとうございます」

秋の夜、彼と長い時間を過ごした。ほとんど客のいない宿の中でずっとずっと話を聞いた……。

翌日別れてから今日まで再会することもない。今思うと連絡先ぐらい聞いておけばよかったと思う。

今思い出してもせつない、秋の幽霊のお話である。

あとがき

僕の好きな温泉をいくつか紹介したいと思います。一つ目は伊豆の下田にある蓮台寺温泉。この地にある金谷旅館は全国的にも有名なので知っている方も多いと思います。木製の「千人風呂」は文字通り千人が一度に入れるくらいの大きな湯船、小学校のプールのように深くてその趣深さはなんとも魅力的です。次に山梨にある正徳寺温泉。勝沼の広大なぶどう畑を望む甲府盆地の東の端に湧き出した温泉です。名物はこの温泉で育てたうなぎ。それはそれは美味しいうなぎで温泉上がりに食するのは最高の贅沢かもしれません。そしてもう一つ、静岡県に戻ると熱海と三島に挟まれた小さな町「函南」にある畑毛温泉。のどかな田園風景の中にたたずむひっそりとした温泉地で富士山の雄大な姿を見ることができます。

さて、ここで問題。「この三つの温泉に共通することはなんでしょうか？」

正解は「ぬる湯」。

いずれの温泉も泉温が35度前後の「ぬるーい」お湯に浸かれるのです。

僕は「ねこからだ」なので熱いお湯が苦手です。日本の名湯草津温泉などに行くと湯船に浸かり1分と持たずにほうほうの体で逃げ出す始末です。思い起こせば昔の銭湯も熱くて、子供が水で埋めようとするとがんこなおじいちゃんに「うめるな！」と叱られたものでした。開店時の一番風呂は45度くらいあったのではないでしょうか、子供にとってはお仕置きのような温度です。

さて、毎日の仕事を一生懸命に頑張り、1週間、十日と過ぎてくると仕事の疲れが少しずつ蓄積してきます。何か寿命が1日ずつ短くなっていくような気がする時さえありませんか？

このままではエネルギーが切れてしまう。ウルトラマンならカラータイマーが点滅し始めている状態、ゲームでいえば主人公のライフやＨＰの目盛りがあとわずか……といった感じです。

そんな状態で仕事を何とかやり終えた後の休日、僕はＨＰを回復するがごとく、こうした温泉に出かけていきます。ぬるーいお湯に浸かっていると少しずつライフの目盛りが増えていくような気がします。短くても2時間、長いときは3時間以上お湯の中でエネルギーをチャージ。時々居眠りなぞして鼻に水が入ってきてはむせかえり起きるなんてこともあります。他人から見ると間抜けな姿かもしれませんが、ぬる湯は僕にとってウルトラマンの太陽光のようなものです。

昔、日曜日の朝「いつみても波瀾万丈」というテレビ番組がありました。登場する有名人の波瀾に満ちた人生を再現ドラマとともにたどっていく番組です。画面につづられるシーンを見て時には感心したり、時には涙したり、見終わると元気をもらえるようで大好きな番組でした。

当然ながら番組の中で語られるエピソードはどれも信じられないくらいドラマチックで、感動的で、喩えてみれば「熱い温泉」にいくつも入っているような感覚です。僕にしてみれば「どれだけ辛かったろう……」「どれだけ苦しかったろう……」「でも、だからこそお湯から無事に上がった今、あんなに気持ちのよさそうな表情をしているんだろうな」……何だか変な感想ですね。

僕の人生は決してテレビで語れるようなドラマチックなものではありません。ごくごく平凡で言ってみれば「ぬる湯」のようなものかもしれません。でもそれは言い換えれば「幸せ」の裏返しだと僕は思います。もちろんいいことばかりではありませんでしたが、それでも戦争のない時代に生まれ、飢えることのない国で生きてこられた、それがどれだけ幸せなことかは世界を見渡せば明らかです。

本書の50の駄文と雑文は、そんな感謝の気持ちを込めて書きました。仕事にちょっと疲れた時、人生のなかで少しだけ下を向きたくなった時、そんな時に読んだ人がクスッと笑ってくれて、ちょっぴり前向きな気持ちになってくれたら、僕は幸せです。

エッセイを最後まで読んでくれてどうもありがとう。

おのみち たかし

追伸
※古い記憶を頼りに書いているので事実誤認や誇張された表現があるかもしれません。その際は笑ってご容赦下さい。

おのみち たかし

1964年生まれ。東京都出身。別名義で小説作品も発表している。
著作に、『僕たちの挑戦 ファーストステージ「夢」』文芸社（2016年）、
『Good Bye My…』風詠社（2021年）。

つれづれペンペン草 ―ノスタルジーのおもちゃ箱―

2024年10月5日　第1刷発行

著　者　　おのみち たかし

発行人　　大杉　剛
発行所　　株式会社 風詠社
〒553-0001 大阪市福島区海老江5-2-2 大拓ビル5-7階
TEL 06（6136）8657　https://fueisha.com/
発売元　　株式会社 星雲社（共同出版社・流通責任出版社）
〒112-0005 東京都文京区水道1-3-30
TEL 03（3868）3275
印刷・製本　シナノ印刷株式会社

ISBN978-4-434-34605-7 C0195